有你在身边 世界就很好

25位大师的爱与情

■ 浅水芳邻 编著

重庆出版集团 重庆出版社

图书在版编目（CIP）数据

有你在身边，世界就很好：25位大师的爱与情 / 浅水芳邻编著.
—重庆：重庆出版社，2022.6
ISBN 978-7-229-16747-9

Ⅰ.①有… Ⅱ.①浅… Ⅲ.①故事－作品集－中国 Ⅳ.①I247.81

中国版本图书馆CIP数据核字（2022）第062439号

有你在身边，世界就很好：25位大师的爱与情
YOU NI ZAI SHENBIAN, SHIJIE JIU HENHAO: 25WEI DASHI DE AI YU QING
浅水芳邻 编著

策 划 人：刘太亨
责任编辑：吴向阳　　陈　婷
责任校对：朱彦谚
封面设计：日日新
版式设计：曲　丹

**重庆出版集团
重庆出版社** 出版

重庆市南岸区南滨路162号1幢　邮编：400061　http://www.cqph.com
重庆市国丰印务有限责任公司印刷
重庆出版集团图书发行有限公司发行
全国新华书店经销

开本：889mm×1194mm　1/32　印张：7.875　字数：200千
2023年1月第1版　2023年1月第1次印刷
ISBN 978-7-229-16747-9
定价：38.00元

如有印装质量问题，请向本集团图书发行有限公司调换：023-61520678

版权所有，侵权必究

序言 / 遇见大师，遇见更美好的自己

生活中遇见大师的概率，究竟有多大？

比如杨绛，放弃美国名校奖学金，一心只认清华，结果遇见钱钟书；比如冰心，在满是青年才俊的远洋邮轮上，一眼锁定吴文藻；比如富家小姐廖翠凤，偏偏要嫁给"穷小子"林语堂；比如青楼艺人潘素，成为山水画家源于一曲琵琶迷倒张伯驹。

这些男主角，都是顶级大师。本书的25个故事，讲述他们各自的情感与婚姻经历。

如雷贯耳的名字背后，你会读到许多或有趣，或惊讶，或隐秘的细节。

爱情亘古不变，那些让今天的我们深陷其中欲罢不能的，那些纠结的、痛苦的、甜蜜的、矛盾的，大师们也都一一经历过。

不妨静下心来，在故事里回望，看看大师们面对感情时的所思、所想、所为。

遇见大师学会爱——从他们身上，我们识别优秀的品质，理解人性的脆弱；懂得什么该坚持，什么该放弃；爱情里，怎样延续美好，不留遗憾；婚姻中，如何珍视对方，打磨自己。更重要的是，

哪怕有黯淡和叹息，他们也用星辰般璀璨的生命，告诉我们什么是爱情的本质和人生的价值。

25个故事，犹如珍珠之于贝壳。总有一个凝结的生命体验，带给你最细微的观照与抚慰。

我们会穿越到许多"一线"场景：

古月堂小广场前，钱钟书和杨绛一见钟情，告诉我们高质量的爱，除了情意绵绵更能彼此欣赏；

北京女师大的课堂，鲁迅遇见许广平，一个热情叛逆的"女版"的自己；

从沈阳雪夜到四川李庄，梁思成和林徽因，展现出两人质地坚硬的一面；

从昆明联大到台湾新竹，清华"终身校长"梅贻琦，与韩咏华演绎了一辈子的清华往事。

我们还会看到更多爱情"内幕"。

民国第一外交家顾维钧，与富可敌国的妻子黄蕙兰，为什么要结束三十六年的婚姻？

三代贵族的唯美诗人邵洵美，遇见诗经版的七月，美国版的安生，他会如何选择？

徐悲鸿的三段感情，是非对错如何评判？

梅兰芳的三位红颜，各自有着怎样的结局？

徐志摩对灵魂伴侣的追求，过于执着了吗？

沈从文千辛万苦用情书打动张兆和，到了晚年，两个人为什么对彼此说"对不起"？

这些问题的答案，也许就是生活给予我们的答案。我们会明白，一份美好的爱情，并不全是从天而降的运气；一份圆满的姻缘，更不只是信手拈来的随意。爱是一种变化着的生命，它需要你的学习，需要你的成长。

是的，这世界上，从来没有无缘无故的爱。最好的爱情，总有两个足够好的自己。

爱与成长，让我们遇见更美好的自己。

目 录

序　言 / 遇见大师，遇见更美好的自己　›1

林语堂 / 完美丈夫炼成记　›1
钱钟书 / 世上再无"我们仨"　›9
徐志摩 / 这世上，真有灵魂伴侣吗？　›19
顾维钧 / 他们的黄金时代　›29
费孝通 / 那些年，我们追过的女孩　›39
鲁　迅 / 遇见"女版"的自己　›47
胡　适 / 从最初的暧昧，到最后的决断　›57
徐悲鸿 / 没有对错，只有岁月　›67
梁思成 / 民国璧人的另一面　›77
金岳霖 / 朋克范儿哲学家　›87
梁启超 / 十分克制，十二分热烈　›95
吴文藻 / 冰心女士眼力不佳　›105
张伯驹 / 与你共担传奇重量　›115

梅兰芳 / 爱情之外的选择 ›125

蒋百里 / 将军与梅花 ›137

蔡元培 / 新旧婚姻相对论 ›147

梅贻琦 / 那一场清华往事 ›157

陈寅恪 / 等到你，晚一点也没关系 ›167

吴大猷 / 如何初恋50次？ ›177

邵洵美 / 《诗经》牵手《纽约客》 ›185

李叔同 / 离别是最后的真相 ›195

邵飘萍 / 爱你，成为你，超越你 ›205

沈从文 / 幸福的距离有多远 ›213

卞之琳 / 谢谢你，赠我真情谊 ›223

周有光 / 多情人不老 ›233

林语堂 / 完美丈夫炼成记

古人有"生子当如孙仲谋"之说,意思是:如果生个儿子,那一定要像孙权这般厉害。

我很想补充一个下联:嫁人就嫁林语堂。

这位毕业于哈佛大学、莱比锡大学,曾两次获得诺贝尔文学奖提名的著名作家与学者,与不美貌也不文艺的林太太,相伴终身。在鸳鸯蝴蝶满天飞的民国文化界,他婚后零出轨、零绯闻,与太太恩爱有加,怡情悦性。

整整五十七年,林语堂成了廖翠凤的完美丈夫。

其实一开始,林语堂对廖翠凤是拒绝的,因为他心目中有一个理想妻子的形象,那就是《浮生六记》中的芸娘。她兼具艺术修养与生活情趣,与沈三白写诗作文、种花赏月,是文人雅士心目中的文艺女神。

他也差点就娶到了这么一位"芸娘"。

而半个世纪之后,在台北阳明山麓的林家花园,林语堂在金婚纪念日上燃起红烛,深情地称他与廖翠凤是一段"金玉缘"。

从"失芸娘"到"金玉缘",这中间五十多年,俨然是一部教科书式的幸福婚姻炼成记。

要讲这个故事，我们得从一个青年深夜的哭泣开始。

这个青年就是20岁出头的林语堂。连续几天，他闷闷不乐地回家，茶饭不思，深夜不寐。终于有一天，担心的母亲拎着一盏灯来到他的房间，询问枯坐桌前的他，究竟怎么回事。

林语堂，这个当时念着上海圣约翰大学，连续四次上台领奖轰动全校的高才生，大声痛哭，他失恋了。这位恋人，是他觉得这辈子非娶不可的妙人，她叫陈锦端。

对，锦瑟无端五十弦的"锦端"。人如其名，她清秀俏丽，文雅多姿。两个年轻人相识相知，很快相爱。他们聊艺术、聊理想，一个说要画画，一个说要写作。苏州河边，月下柳梢，爱情太美。

可幻梦破灭得太快，陈锦端来自厦门首富家庭，父亲陈天恩是颇有手腕的大实业家。女儿爱上一个名不见经传的穷小子，那怎么行？儿女联姻也是家业经营的一部分啊。

他对女儿晓之以理，动之以情。陈小姐天生性情柔顺，除了放弃，别无他法。

目睹儿子失恋的痛苦，母亲只有叹气。性格火暴的大姐就不一样了，她噼里啪啦对弟弟一阵数落："笨蛋，你怎么能爱上陈天恩的女儿，你准备拿什么去养她？"

一语惊醒梦中人，林语堂冷静下来了。白富美当然应配金龟婿，可他只是个穷牧师的儿子，如何支撑心上人的梦想和幸福？

什么样的性格，决定什么样的爱情。林语堂出生于一个基督教家庭，在民风淳厚的福建龙溪长大。其性情，从小便浸染了平和自然的底色。他的创作，历来倡导冲淡超脱的心境。他直面人生，但并不加以惨淡笔墨；他热心现实，却是"冷眼看人间"。狂风暴雨和匕首投枪,不是林语堂。

力量和心性还不够强大的两个年轻人,遗憾地结束了这段初恋。

这场棒打鸳鸯的结果,是陈锦端独自远赴美国。陈父出于补偿心理,把朋友廖家的二女儿,介绍给了林家。

剧本到这里,有点上错花轿嫁对郎的走向了。

同为厦门望族,廖家正好比陈家开明一点;同为富家之女,廖翠凤又比陈锦端更有个性和坚持。林语堂青年才俊,廖翠凤早已听闻,芳心暗许。当母亲对亲事提出疑问时,廖翠凤干脆地回答:"穷一点算不了什么,我喜欢他,我相信他也会喜欢我。"

这句话,感动了当时心灰意冷的林语堂。一个因为"穷小子"身份失去爱情的年轻人,急需重拾自尊。廖翠凤的出现,恰到好处。

当然,你会说她是富家女儿,不在乎对方穷。可她嫁过去时,就区区一千元嫁妆而已。两人成婚之后异国求学,经历了相当长的困窘时期。

一个女人的运气,决定于她的出场时间。但出场之后的情节,还是要靠自己的掌控和对方的配合。廖翠凤恰好遇到了,林语堂正好做到了。天时地利人和,廖翠凤为自己赢得了一个国民最佳老公。

金婚时,曾经有记者采访他们美满婚姻的秘诀。两位老人孩子般抢着回答:这秘诀无非两个字,"给"和"受"。

"给"是向外的,多给予对方理解和美好。

"受"是向内的，能忍受生活的龃龉和缺憾。

婚姻是一场探戈，进退俯仰之间，才能不乱脚步；婚姻是一种江湖，细雨巨浪当前，均能从容掌舵。最终，两人优雅谢幕，在璀璨夺目的追光中，胜利抵达人生终点的港湾。

正如林语堂所说，"婚姻是一艘雕刻的船，看你怎样去欣赏它，又怎样去驾驭它"。懂欣赏，会驾驭；多给予，能忍受——领会这其中的真谛，你绝对不会只在婚姻的殿堂里战无不胜。

让我们翻开这本有着"金玉缘"的烫金封面，用整整57年的时间写就的婚姻教科书吧。

首先就是大手笔，烧婚书。

即使心中还有失去陈锦端的遗憾，但林语堂与廖翠凤成婚后，就把结婚证书付之一炬。他对妻子说："离婚时才用得着的东西，现在我们不需要它了。"他以烧婚书的举动，向廖翠凤，也是向自己，做出了要一生一世在一起的决心。

有时候，爱没那么风花雪月和唯心主义。其实，它也可以是一种决定，一种习惯。心理学上不是有个著名的吸引力法则么？你决定什么，就实现什么，你相信什么，就抵达什么。

其次，是林语堂最拿手的"幽默"法则，在婚姻中点石成金般的运用。

林语堂有个外号，叫"阿木语堂"。阿木二字，形象地描绘出他天真稚拙的性格。无论治学还是生活，他都以超然轻松著称。中文里的"幽默"一词，即来源于他对humour的创造性音译。

这一招数，让他成为在"夫妻的日常"中战无不胜的高手。

他知道廖翠凤鼻梁生得好看，又挺又直，最喜被人夸奖。所以每次妻子一生气，他就走过去捏捏她的鼻子，太太就笑了。

他知道廖翠凤喜欢井井有条，规规矩矩。所以只要她一盯着自己，他就立刻模仿她的语调说："堂啊，鼻毛要剪了，衣服要换了，下午要去理发了。"

廖女士听了，就满意地点点头，放他一马且去打理。

林语堂爱丢东西，但他有时也会童心大发，故意把烟斗藏起来，再好整以暇地看着太太翻箱倒柜。

廖翠凤安排他饭后洗碗，可碎碗之声此起彼伏，职务只好被取消。林语堂兴高采烈又去捏她的鼻子，让她产生深深的怀疑。

这样的欢声笑语，兴致盎然，整个家庭氛围都自带烛光晚餐的浪漫光晕，两个人，能不相爱吗？

完美的婚姻，是有两位懂得"驾驭"和"配合"的完美当事人。女儿们回忆，再也没有比父母更不相像的人了。父亲外向随性，母亲内向严谨，性格与爱好完全不搭的两个人，却过得其乐融融，趣味横生。

也许是因为他们懂得如何跳探戈和如何掌舵吧，知道什么时候该后退，什么时候该顺从。生活中，如果不懂得回应对方的情绪，不懂得欣赏对方的好处，不给他一点好果子吃，也绝不忍受对方扔过来的哪怕一个酸果子，那么婚姻路上满地的鸡毛蒜皮，日常琐事，终会一点点消耗彼此，疲惫不堪。

你看林语堂，就找到了"夫人的鼻子"这一按钮。

争个人仰马翻，爱个死去活来，不如点一点对方的鼻子，"一笑泯恩仇"，该干吗干吗。让对方开心，让自己开心，简直就是婚姻中最基本的礼仪和修养。

后来，林语堂以《吾国与吾民》《生活的艺术》《京华烟云》等作品，成为享誉中外的超级畅销书作家。有西方读者说，看完《吾国与吾民》，在街上遇见任何一个中国人，都想对着他鞠躬致意。有一次他们全家乘船度假，一个疯狂女粉丝夸张示爱，竟然跳进河里。

廖翠凤打趣林语堂："要不要离了黄脸老妻，换个新潮女生呀。"

林语堂说："离了你，我活不了。"

这句话，不仅是调侃和恭维，也是真心与感激。

年轻时的误打误撞，让他们生活在了一起。没想到的是，原来廖翠凤就是一个妙趣盎然、贤惠宽和的芸娘。她的爱慕、坚持与包容，成就了事业上的林语堂，生活中的好丈夫。

廖翠凤曾与这个"穷小子"一起，在法国打工，去德国求学，陪着他辗转各地，省吃俭用，变卖首饰，打点全家衣食住行，毫无怨言。抗日战争期间，林语堂以笔锋作战，争取国际援助，廖翠凤就担任纽约华侨救济会副会长，积极开展募捐。

他们是伴侣，也是知己。老年时，他们拍了一张"吻照"。夕阳下，他们坐在廊檐，林语堂扭头亲吻廖翠凤的脸颊，两人都笑得眼睛弯弯。最开始，林语堂也许并没有浓烈的爱。他只是以积极的心态，认真投入到与她的生活中。点点滴滴的融洽和朝夕相处的愉悦，爱情自然生发。

林语堂得意地说："我把一个老式的婚姻，变成了美好的爱情。"

至于陈锦端，这段年轻时错过的爱，他一直放在心底，十分坦然。

廖翠凤当然知道,她更加坦然。

居住上海时,廖翠凤会邀请陈锦端来家里做客,林语堂一下子变得手足无措,连他们的女儿都发现了。廖翠凤却毫不在意地对女儿们说:"你们爸爸呀,年轻时喜欢锦端阿姨。"

这种举重若轻的态度,不仅是大度和自信,也是另一种驾驭的智慧吧。

捕风捉影,不如开门见山,化为寻常;自寻烦恼,不如笑谈往事,退后一步。

她曾说:"结发为夫妻,恩爱两不疑。"林语堂画画,画中的女子总是锦端的样子;写《八十自述》,说"我热爱我好友的妹妹";有一次在香港,得知陈锦端在厦门,他还颤颤巍巍地从轮椅上站起来,说:"我要去看她。"

一旁的廖翠凤嗔怪道:"语堂,你疯了,你都走不动了!"

廖翠凤知道,再完美的丈夫,心里也有独自珍藏的角落。他对妻女、对家庭的毕生衷情,才是最宝贵的真实。

林语堂当然也知道,廖翠凤才是他一辈子实实在在的幸福。1969年1月9日,台北林家花园,金婚之夜,红烛闪耀。顽皮幽默的林语堂,给廖翠凤送了枚手镯以示"表彰",上面刻着一首诗,叫作《老情人》。

从年少夫妻,到暮年情人,他们一路走来,平和喜乐。

林语堂此生,说过很多爱情哲学,比如"婚姻就像穿鞋,日子久了,自然就合脚了",比如"怎样做个好丈夫?就是太太喜欢的时候,你跟着她喜欢,可是太太生气的时候,你不要跟她生气"。

每句话，都值得记在小本子上。

但他对廖翠凤的这段表白，最是温柔动情，他说："等到你失败了，而她还鼓励你；你遭诬陷了，而她还相信你，那时她是真正美的。你看她教养督责儿女，看到她的牺牲、温柔、谅解、操持、忍耐，那时，你要称她为Angel，是可以的。"

情不知所起，一往情深。

不知何时，我已深深爱上你。

学会爱：

生子当如孙仲谋，嫁人就嫁林语堂。

长得帅，有才华，能赚钱；顾家忠诚，不玩暧昧，不搞绯闻。

可林语堂嗜烟，他曾说自己遇到了一个最好的婚姻，是因为太太允许他在床上抽烟。你看，幸福如廖翠凤，也要忍受丈夫二手烟的骚扰。

没有任何一场婚姻是完美无瑕的。你看到的都是他们面向窗口笑吟吟的模样，可转身之后，谁能保证他们没有轻轻叹一口气？关键是，两个人齐心协力，把婚姻当成一场百炼钢化作绕指柔的修炼，让对方愉快，让自己愉快，就可抵达最终的幸福。

林语堂和廖翠凤，以"金玉缘"证明了这一点。

钱钟书 / 世上再无"我们仨"

钱钟书与杨绛，总让我想到另一对著名伴侣——"脸书"的创始人扎克伯格和他的华裔妻子普莉希拉·陈。

小扎曾说，约会时，只有普莉希拉能听懂他关于编程的笑话，知道他的笑点。她还是哈佛医学院的高才生，当她获得儿科医生执照时，小扎在自己的主页上自豪地说："我太为你骄傲了，陈医生。"

简直每个字都透露着炫耀。

不得不说，经历与智识的高度匹配，才是两性关系的终极秘密。钱钟书这样评价杨绛："最贤的妻，最才的女。"看，这就是高质量的爱，除了情意绵绵，更能彼此欣赏。

小扎和小陈相识于哈佛大学的一次派对，钱钟书和杨绛初遇在清华大学的古月堂小广场。

那是1932年3月，春光明媚。杨绛和一群同学去探望其中一人的表哥，那位表哥，正是名满清华的才子钱钟书。当时，他被吴宓教授称为"人中之龙"。

钱钟书出生于江苏无锡的一个教育世家，自小聪颖过人。

二十岁时，他代父亲钱基博为钱穆的《国学概论》作序，刊印时一字未改，其笔力之深，没人看出来是一个年轻人所作。后来，他以无与伦比的学识享誉中外，被誉为"博学鸿儒，文化昆仑"，一百三十万字的文言文版《管锥编》，堪称学界巨著。

与杨绛初见这天，未来的"昆仑之山"冒着傻气。

他穿一件大褂子，足蹬毛布鞋，戴一副老式眼镜，木讷少言。敏锐的杨绛，却发现了他眉宇间流转的一股神气。

"蔚然而深秀"，她以这样一句古文来形容。

杨绛也让钱钟书怦然心动，他为初见的杨绛赋诗一首：

> 缬眼容光忆见初，
> 蔷薇新瓣浸醍醐。
> 不知腼洗儿时面，
> 曾取红花和雪无。

意思是说，心上人就像蔷薇的花瓣，红花白雪，洁净美好。

清华古月堂，就这样演绎了一出琼瑶剧。一个莫名其妙地说了句"我没有订婚"，一个赶紧回了句"我没有男朋友"，几乎是最美好的一见钟情。

回到小扎和小陈的相遇，这两个一见定终身的故事，有很多相似之处。首先，地点很重要，一个是哈佛派对，一个是清华校园，遇见男神的概率自然水涨船高。其次，她们绝不仅仅是空降到男神面前的灰姑娘。普莉希拉·陈，哈佛学妹，医学院优秀女生；杨绛，有底气放弃美国著名的韦尔斯利女子大学奖学金，一心认准清华,结果遇见钱钟书。

一句话,她们本身就与男神在同一起跑线上,同一朋友圈里。

一见钟情之后,她们还能通过高质量的交流,高相似度的见解,高亮的魅力,"一顾倾人城,再顾倾人国",让男神彻底沦陷。

所以这世界上,从来没有无缘无故的爱。最好的爱情,总是从足够好的自己开始。

杨绛和钱钟书愈加情投意合,他们写了信,见了家长,定下佳期。

钱家和杨家都是无锡本地名士,两家人聚起来一聊,竟然发现杨绛8岁时,就随父母去过位于新街巷的钱家。杨绛的母亲说:"这都是月下老人,在她脚上拴好了红线。"

这红线,旖旎缠绵,伏笔千里,从无锡的新街巷,一直牵到清华的古月堂。

1935年,钱钟书与杨绛在苏州完婚,他们是中国20世纪文化界最珠联璧合的一对。胡河清曾赞叹:"钱钟书如英气流动之雄剑,常常出匣自鸣,语惊天下;杨绛则如青光含藏之雌剑,大智若愚,不显刀刃。"

武侠小说般的比喻,浪漫又形象。的确,无论是门第、学识,还是爱好、性情,甚至外貌、举止,他们两个往那里一站,就是"琴瑟和鸣"的最佳解释。

随后,钱钟书以历届中美、中英庚款平均分最高的成绩,考取英国牛津大学公费留学生,杨绛随行。二人踏上远洋邮轮,开始异国求学生活。这样的爱情故事,堪称完美无瑕。

其实，也还是有一点点弦外之音，只不过是一段轻松有趣的和弦，他就是杨绛从中学到大学的同学费孝通。

费孝通是我国著名的社会学家，在当时，他是一个年轻气盛的男二号。杨绛和钱钟书刚宣布恋爱的时候，男二号费同学就气冲冲地找杨绛理论，认为自己更有资格做她的男朋友。当然，杨绛温和但坚决地拒绝了他。

后来，费同学的影子又出现过几次。可在这样一场天生注定的完美爱情中，再优秀的男二号，也只能遗憾地成为"花絮"和"佳话"。

有朵花絮，飘在1979年。

中国社会科学院代表团在当年访问美国，钱钟书和费孝通一路同行，又恰巧被安排在同一个房间。钱老每天写详细笔记，和杨绛约好回国后亲自交付，并未寄信。费老看在眼里，记在心里，有一天主动送钱老几张邮票，催促他"快寄家信"。

回家后，钱钟书借小说《围城》中赵辛楣和方鸿渐的对白，跟杨绛开玩笑，说他和费孝通是"同情兄"。当时，三位大师都已年逾花甲，这些源于青年时代的小小意趣，让人莞尔。

《围城》是钱钟书最著名的一部长篇小说，他写道："婚姻是一座围城，城外的人想进去，城里的人想出来。"这句话，不知说到了多少人的心坎里。婚姻是一座城，城外看到的是鲜花，城里埋藏的是荆棘。进了那座城，谁的手上和心里，没扎过一两根刺呢？

可偏偏这个写《围城》的人，为妻子写了一段极致的评语。他说，杨绛"绝无仅有的结合了各不相容的三者：妻子、情人、朋友"——这是一个丈夫对妻子所能表达的最高尊重与爱意吧。

然后，他还借用一位英国作家对理想婚姻的概括，继续表达对婚姻的满意，那段话说的是："我见到她之前，从未想到要结婚；我娶了她几十年，从未后悔娶她，也未想过要娶别的女人。"

他们念完相视一笑，都说："我也是。"

检验真爱的唯一标准，也许就是结婚几十年后，还能坦然说出"不后悔"。

爱情＋生活＝婚姻，婚姻比爱情复杂得多。套用钱钟书对杨绛的评语，婚姻的围城里，我们必须身兼数职，要有丈夫的忠诚、妻子的贤惠、情人的浪漫、朋友的相知，才能演好各个角色，将真爱化成岁月。

丈夫和妻子的角色，当然是幸福婚姻的底子和依托。这是锦上添花的"锦"，正所谓"锦中百结皆同心"。

嫁给钱钟书后，杨绛从十指不沾阳春水的掌上明珠，变成了做饭、缝衣、操持家务、修理东西的全能选手。钱钟书的母亲盛赞儿媳，说她是"笔杆摇得，锅铲握得，上得厅堂，下得厨房，入水能游，出水能跳"。

钱家都说，娶到杨绛，钟书是"痴人痴福"。

钱钟书对杨绛，同样关爱备至。在牛津大学租来的房间里，这位带着痴气的天才，会趁杨绛还没睡醒时，精心调制英式红茶，再煮一个五分钟蛋，烤好面包。最后像献宝一样，他把豪华早餐送到妻子床前，给她一个大大的惊喜。

从此，"昆仑之山"担负起每天的早餐任务，一做几十年，爱心满满。

他们的女儿瑗瑗出生后，钱钟书爱不释手地抱着，喃喃说道：

"这是我的女儿,我喜欢的。"

喜欢到什么程度呢?天才说了,怕再生一个孩子,分走了他对瑷瑷的爱,所以他决定,一辈子只要瑷瑷一个孩子。

在世人眼里,他是超级厉害的学者;在婚姻的城里,他只是一位深情专注、天真稚拙的丈夫和父亲。

再来谈谈"情人般的浪漫"。记得曾经有位朋友,在情人节对老公隔空喊话,大意是说:"警告!不要玫瑰,不要花,这东西不能吃,浪费钱。"

可是,当你活得连玫瑰都不喜欢了,这座婚姻的城,还有什么乐趣呢?实在不喜欢玫瑰,让对方买一把西蓝花献上,也是一种情趣啊。时间一久,婚姻本来就像用旧的床单,颜色褪去,乏善可陈。此时不给它锦上添花,还待何时?浪漫不是调味品,而是必需品。因为人心柔软,我们需要在平凡和重复中,感受到润泽与喜悦。

一束玫瑰,一份礼物,一句情话,一次旅行,这些是最常见的浪漫。它们的优点,说白了,就是加一点荷尔蒙,带来初恋时牵手的悸动;它们的缺点,是时效短暂,长期反复使用,力度会逐渐减弱。比如那位喊话的妻子,也许是送花已变得程式化,荷尔蒙药效消失,她开始将一堆花瓣和孩子的一罐奶粉,进行比较。

所以最重要的,是找到夫妻之间独特的、长久的浪漫。

有一部电影的名字叫《有一个地方只有我们知道》。这是一种秘密的感觉,是一种持续的心动。是你看到对方时,就知道自己的整个人、整颗心、满腔情怀、满嘴八卦,都有了着落。相爱的人,有属于他们自己的小世界。

比如钱钟书和杨绛，他们对坐读书，比赛背诗，散步探险，在精神生活的花园里自得其乐。这份只有他们才能体会的浪漫，非常像王小波笔下他与李银河的爱情状态——两个小孩子，围着一个秘密的蜂蜜罐子，开心地品尝着。

精神的相契、心灵的共鸣、情绪的呼应，才能带来一辈子浪漫的好婚姻。

1942年，杨绛创作话剧《称心如意》，上演后好评如潮。钱钟书眼热手痒，决定写一部长篇小说。

写作过程中，每写到一个有趣的"梗"，钱钟书就赶紧拿给杨绛看，两人常常一起哈哈大笑。如同只有普莉希拉才能听懂扎克伯格的C++编程笑话，杨绛也懂得只有她和钱钟书才明白的情节段落。浪漫，是我们的笑点和槽点，刚好在同一频道。我说你听，你说我笑，如此简单。

《围城》问世后，取得巨大成功。钱钟书说："两年里忧世伤生，屡想中止。由于杨绛女士不断地督促，替我挡了许多事，省出时间来，得以锱铢积累地写完。"

1966年，他们被下放"干校"，钱钟书负责收发信件，杨绛负责种植菜园。两个人会趁钱钟书取信的时候，或在田埂边小坐一会儿，或站着聊上三两句，交换平时写好的信。杨绛的《干校六记》，记录了这段日子，她"怨而不怒，文字雅洁"，坦然面对曾经的磨难。

最好的爱情，不过是两个人彼此扶持，共同成长。

最好的浪漫，不过是蹚得过岁月的平凡，也挨得过世间的狰狞。

成为朋友，更是婚姻中的至高境界。杨绛曾说："夫妻该是终身的朋友，夫妻间最重要的是朋友关系。不够朋友，只好分手。"

这是比较严厉的劝谏，也是世纪伉俪亲身淬炼出来的感悟。

年轻时，钱钟书与杨绛曾为一个法语单词的正确读音，大吵一架，两人还找来一位法国女士作裁判。可知道了谁对谁错，又能怎么样呢？两个人都闷闷不乐，觉得受伤。

经此一役，他们约定以后遇事可以各持异议，不必求同，做"和而不同"的君子。执行效果非常好，他们的确像是最好的朋友了。直到1939年暑假，他们再次陷入重大争执。

事情的起因，是钱钟书的父亲希望儿子从清华大学辞职，任教湖南蓝田师院。钱钟书觉得自己应该去，杨绛却觉得他怎么都不应该去。在这关口，杨绛向自己的父亲求援。但父亲，给了她一个长久的沉默。

就是这沉默，让杨绛一下子醒悟过来。

是啊，真正的朋友，有帮助和建议，也有理解和后退。我爱你，但不能以爱的名义，否定你的选择，控制你的生活。在杨绛的支持下，钱钟书最终去了蓝田师院。他一手组建了英文系，并得以陪伴了年迈的父亲两年。

如朋友般亲密扶持，又独立自处的夫妻关系，才真正让人迷恋，且坚不可摧。

中国画历来有"留白"的说法。一幅画，不要太满，需要空间和空白，才会有生命力的想象、呼吸和流动。留白不仅是艺术美学，也是婚姻之道和生活智慧。

钱钟书和杨绛，还有他们的女儿瑗瑗，有一个最为温馨的留白故事。

女儿小时候,钱钟书有一次从蓝田师院回到上海,瑷瑷生气地对这个"陌生人"说:"请你离我妈妈远一点。"可钱钟书不慌不忙,在女儿耳朵边悄悄说了句什么,也神奇了,瑷瑷立刻就与钱钟书打成了一片,俨然老熟人。

杨绛说,她一直很奇怪,也一直在猜测钱钟书到底说了什么,但她一直都没有问。

后来,瑷瑷长大了,变成北师大的教授,变成父母眼中"最好的杰作"。再后来,瑷瑷去世了,钱钟书也去世了,那句神奇的话,成为永远的秘密。

这件小事,被杨绛写在回忆录《我们仨》里。在北京三里河的家中,她一直安静地写作和思念着"我们仨"。

2016年5月,105岁的杨绛在一个凌晨安然逝去。民国最曼妙的风景,轻轻地落下了帷幕。这世间,从此再无红花白雪、蔚然深秀。但这不是哀恸,只有祝福。"我们仨"终于团聚了,他们会笑着聊起那个神奇的留白小故事吗?

古月堂前初相见,蔷薇新瓣百年香。

最美的年华,一生的挚爱。

学会爱:

丈夫、妻子、情人、朋友,两个人的婚姻城堡里,原来有这么多角色要扮演,足以让人倒吸一口凉气。

还没完呢,你们还得同时是父母、子女、员工、领导、同事、闺蜜，说不定还得是CEO、创始人什么的。成年人的世界里，没有"容易"二字；婚姻的城堡中，也总是挂着"好好经营"的励志匾额。哪怕是钱钟书和杨绛，也有磕绊和淬炼，才终于成就一段旷世姻缘。

没有付出，哪有收获！一段好的婚姻，注定你们要肩负和适应各种不同的身份转换。幸运的是，一起玩这个角色扮演的搭档，是你最愿意拉着他的手，一起走进城堡的人。那么，认真享受游戏吧，你们会找到更多爱的甜蜜、自我的丰盛、生活的馈赠。

徐志摩 / 这世上，真有灵魂伴侣吗？

这世上，有的是熙熙攘攘的饮食男女，有的是悲欢离合的儿女情长。但这世上，真的有灵魂伴侣吗？

徐志摩认为是有的，他曾铿锵有力地说："我将于茫茫人海中，访我唯一灵魂之伴侣，得之我幸，不得我命。"

1931年11月19日，南京明故宫飞机场。一位地面工作人员正在准备"济南号"的起飞，他的同事说："快看，大诗人徐志摩。"他抬起头，看到一个穿着黑呢大衣的男子，躬身钻进机舱。

两小时之后，"济南号"触山坠毁，化为了一团火焰。

"轻轻的我走了，正如我轻轻的来。我挥一挥衣袖，不带走一片云彩。"

徐志摩的这句诗，现镌刻于一块洁白的诗碑，安放在英国剑桥大学国王学院的草坪上。他生前热烈追逐着这个世界，然后如凤凰涅槃般，永远燃烧在了三十五岁这一年。

最初，他其实并不是一个诗人。出身于浙江海宁硖石首富家庭的他，天性好动，聪明顽皮。十四岁时，他发表了《镭锭与地球之历史》这样的科学小文章。他在天津大学攻读法学，在北京大学钻研政治学,1918年,又前往美国克拉克大学选读银行学、经济学、历史学,十个月后,拿到"一等荣誉奖"。

他满世界快乐地迷茫着,每件有趣的事,都跑上去"咚咚"敲几下门,好奇地打探。

直到1921年,在英国剑桥大学,他被浪漫主义和唯美诗派叩开心门。雪莱和拜伦,让他怦然心动。

于是他从此成为诗人,并创建和代表了新月诗派。他有太多脍炙人口的诗,比如《再别康桥》《翡冷翠的一夜》《雪花的快乐》,还有《偶然》:

> 我是天空里的一片云,
> 偶尔投影在你的波心——
> 你不必讶异,
> 更无须欢喜——
> 在转瞬间消灭了踪影。
> 你我相逢在黑夜的海上,
> 你有你的,我有我的,方向;
> 你记得也好,
> 最好你忘掉,
> 在这交会时互放的光亮!

这首诗,被卞之琳称作是"形式上最完美的一首"。

执着于自由和美的徐志摩,终于在诗歌里找到了灵魂的安放之所。然后,他又开始在茫茫人海中,固执地去寻找"唯一的灵魂伴侣"。

一开始，在还没有意识到"灵魂伴侣"这回事的时候，他就一脚掉进了父辈们乱点的鸳鸯谱里。

1913年，政界风云人物孙公权，在一次阅卷中发现了学识过人的徐志摩。在他的提议下，十六岁的徐家公子和十三岁的张家二妹，敲定了婚姻大事。

对这种家长制的大包大揽，叛逆期少年唯一能表达的不满，就是对着少女张幼仪的照片说一声："乡下土包子！"

这一反叛心理，一直延续到他们长大成婚。在朋友们眼中，徐志摩是个对周围所有人，都充满同情和友善的人。但他对性格朴实、讷言少语的张幼仪，却从来不以为意。

婚后几年，两人相处的时间加起来不到四个月。对张幼仪来说，这是一段凋敝又凄凉的婚姻。从一开始，徐志摩就不喜欢张幼仪，不满意父亲安排的这桩"大好婚事"。哪怕她的家族极其富有，哪怕她的兄弟权倾各界，哪怕她得到了全家的认可和喜爱。

1922年2月，她刚生下二儿子不久，徐志摩的离婚书信就送到了。

离婚之后，徐家认她作养女。她抚养孩子阿欢，侍奉曾经的公婆，并入读德国裴斯塔洛齐学院，在上海创办云裳服装公司，在哥哥的邀请下执掌上海女子商业储蓄银行。对这个逆转人生的奇女子，离婚前，他冷漠疏离；离婚后，他感激钦佩。

但是都没有爱。

现代社会，哪个男人若能遇见张幼仪这样有个好娘家，退可贤妻良母，进可职场精英的女子，怕是做梦都要笑醒了。

可惜，徐志摩不是。在他戴着金丝眼镜的眼里和追寻无尽诗意的心里，只有清晰的四个大字：灵魂伴侣。

只能说，张幼仪错生了时代，错遇了人。

她偏偏出生在一个旧规矩没有打破，新观念野蛮生长的年代；又偏偏被塞给了徐志摩，一个"爱情大过天"的男人。你可以说他是富家子弟的任性，也可以说他是浪漫诗人的多情。其实，不只是诗人，哪个处在"残酷青春"的年轻人，不希望获得一份炽热的、能让自己呼天抢地的爱情呢？

爱与不爱，往往就是这般不可理喻。你再贤惠、再努力、再"好太太"，也没法让一个无动于衷的人动心。你永远无法感动一个不爱你的人，他情愿去赴刀山火海，也不会去看你的碧水蓝天。

而这个深深吸引了徐志摩灵魂的女子，就是林徽因。1920年，徐志摩在伦敦，初遇这位随父游历的美丽少女。

关于林徽因带来的影响，徐志摩后来在诗集《猛虎集》的序言中说："整十年前，我吹着了一阵奇异的风，也许照着了什么奇异的月色，从此起我的思想就倾向于分行的抒写。……那就是我最早写诗那半年，生命受了一种伟大力量的震撼，什么半成熟的未成熟的意念都在指顾间散作缤纷的花雨。"

这形容，仿若4D电影般立体优美。

风、月色、花雨、伟大的力量，林徽因简直成了他心中呼风唤雨的缪斯女神。

女神和"土包子"，还用得着较量么？为了与女神在一起，徐志摩追到德国柏林，迫切地与张幼仪提出离婚。他还给朋友们写了一封措辞堂皇的信，上面说，为了"改良社会，自作榜样"，所以要"自由离婚，止绝痛苦"。

爱情美好，也暴露出人性的自私与虚弱。面对这一篇好看的谎言，张幼仪在离婚书上签了字，掷给他："去找个更好的太太吧。"

徐志摩自由了，可林徽因却嫁给了梁思成。从一开始，他们感情的性质就是不同的。认识徐志摩的时候，林徽因才十六岁。在她心中，大她七岁的徐志摩是父亲的好朋友，健谈的兄长，也是让她对新诗感兴趣的引领者。当她收到徐志摩的情书时，懵懂少女的心里惊讶且复杂。

父亲林长民帮忙回了信，说："志摩足下用情之烈，徽亦惶恐不知何以为答。"

之后，父女俩不辞而别，回到国内。可是，这份猛烈的、突如其来的爱恋，却改变了徐志摩的一生。

有趣的是，离婚之后的徐志摩和张幼仪，反而关系转暖，相处融洽起来。

在一封写给张幼仪的信中，徐志摩说："万分感谢你，幼仪，妈在你那里各事都舒适。阿欢的字，真有进步，他的自制力尤可惊，我老子自愧不如也。"

他不再冷若冰霜，而是成了一个彬彬有礼的朋友，慈爱有加的父亲。她开服装公司，他积极帮她拉股东，找资金，帮衬顾客。两人之间的关系，就像是上帝一闪念的恶作剧，他们注定是朋友，成不了夫妻。

多年之后，张幼仪再婚，迁居美国纽约。晚年，她积极促成了台湾版《徐志摩全集》的出版。为她写传记的侄孙女张邦梅问她：

"你究竟爱不爱徐志摩？"

她沉思良久，最后说："我大概爱他吧。在他一生当中遇到的几个女人里面，说不定我最爱他。"

这句饱含一生心意的话，可惜徐志摩已无法听到。女人的爱也是不可理喻的，它往往自顾自地开放，沉默不语，坚持一生。

张幼仪曾经的痛苦，徐志摩很快就深刻地品尝到了。

1924年5月20日，一众年轻人在火车站，送别访华诗人泰戈尔。徐志摩与诗人同行去日本，林徽因和梁思成，第二天则将启程赴美留学。

这是一次感情上彻底的离别。坐在火车上，看着人群中的林徽因，徐志摩按捺不住内心的悲伤。他奋笔疾书了一封信，写道："离别！怎么的能叫人相信？我想着了就要发疯，这么多的丝，谁能割得断？！我的眼前又黑了！"

他们各自转身，进入到不一样的感情世界。

徐志摩黑了的天空，直到陆小曼的出现才再现光明。她的灵动美丽，再度点亮诗人的星空。1926年，二十九岁的徐志摩与二十三岁的陆小曼结婚。

这段冲破了重重阻碍的婚姻，在当时激起轩然大波。京城名媛陆小曼与青年军官王赓离婚，转嫁浪漫诗人。支持的、反对的、嘲讽的、赞美的都有，此事一时成为大家茶余饭后的谈资。

徐家一开始就不承认这个儿媳妇，徐志摩的老师梁启超，在婚宴上的证婚词更像是厉声斥责。一对因爱走到一起的青年，几乎成为众矢之的。历经千辛万苦，郁达夫笔下的"忠厚柔艳如小曼，热烈诚挚如志摩"，会是让彼此心灵栖息的灵魂伴侣吗？

一段爱，开始的时候过于热烈夺目，燃烧之后的灰烬，则满头满脸，让人无所适从。

陆小曼出身名门，从小被精致地养大。她英文、法文俱佳，曾被顾维钧聘为外交翻译；她擅画山水，师从刘海粟、贺天健等绘画名家；她深谙昆曲，古文功底深厚。这道"北平城不可不看的风景"，顾盼举止间，充满了迷人的韵致。

她无疑是徐志摩最喜欢的那类女子，聪明灵动，满溢艺术气息。

可是，刺绣的背面满是线头，美人的巧笑倩兮之后，也不全都是鲜艳。在上海，她租住最豪华的别墅，每月花销惊人。她本来极具艺术天分，可病痛的折磨加性格的脆弱，让她不仅无法奋进，甚至卧于烟榻。

相爱之初，徐志摩曾说："这阵子我的灵魂就像是火砖上的熟铁，在爱的锤子下，砸，砸，火花四散的飞洒。"

当热烈的爱情，眼睁睁陷入世俗的泥淖，徐志摩也沉默了。颓靡的上海生活，让他有着说不出的苦闷。

他开始四处奔波兼职以应付巨大的开销，同时劝导小曼积极振作。

1928年元旦，他送给小曼一本《曼殊斐儿日记》，希望她能恢复本来的"纯粹的性灵"。曾写出《爱眉小札》那般甜言蜜语的诗人，在给妻子的信中，屡次提到"毁灭"、"自救"。这些情绪，无一不是拖拽和沉重，哪里还和灵魂伴侣有半点关系。

火花四散的灵魂，如今只剩下满身扑打不尽的灰。

1931年11月，在又一次来回往返中，他走到了生命的尽头。

他计划搭乘19日的邮政飞机，去听林徽因的一场演讲。17日晚，上海家中，临行前他再次劝小曼戒除鸦片。陆小曼大发雷霆，用烟枪砸坏了他的眼镜。第二天，他看到陆小曼一封措辞刻薄的信，悲愤离家。

他仍然是爱着陆小曼的，无论是风尘仆仆的奔波，还是信件里的思念与鼓励。然而，这一天竟成为永别。

19日下午，梁思成去北平机场接机，几次都扑了空。20日凌晨，徐志摩坠机噩耗被证实。

其实，就在徐志摩走出家门的那一刻，陆小曼就后悔了。

她写了一封长长的认错信："你是不会怨我的亦决不骂我，我知道的！可是我自己明白了自己的错，比你骂我还难受！我现在已经拿回那信了，你饶我吧！下午你走的时候我心里乱极了，你走了，我心如失！"

她不知道的是，道歉信寄出时，济南号已在半空中燃烧。

逝去的人得到安宁，活着的人，却承受着思念与悔恨。直到此时，陆小曼才意识到失去了什么。她在《哭摩》里痛彻心扉地说，一定做一个徐志摩希望她成为的那种人，做一点认真的事业。

她闭门不出，拒绝所有追求者，后半生与翁瑞午相伴度日。她整理出版了《志摩日记》《爱眉小札》。她重拾画笔，渐入佳境，办了个人画展，晚年成为上海中国画院画师，有了些微薄收入。

这些成绩算不上多么耀眼，但这的确是徐志摩曾经期盼的样子。

生命中的"灵魂伴侣"，究竟是怎样的存在？对徐志摩来说，也许就是一个充满灵性的个体，去尽自己所能，拥抱生命，表达美。

陆小曼是他的灵魂伴侣吗？虽然为时已晚，代价太重，但她终究在一点点衔起曾经折断的羽翼。

张幼仪呢？他在离婚后这样评价她："C（张幼仪）可是一个有志气有胆量的女子，她这两年来进步不少，独立的步子已经站得稳，思想确有通道……她现在真是'什么都不怕'，将来准备丢几个炸弹，惊惊中国鼠胆的社会，你们看着吧！"——字里行间，满是敬重与欣赏。

林徽因，他心底的挚爱，将他失事飞机的一片残骸精心保存下来。她曾对胡适说："我昨天把他的旧信一一翻阅了，旧的志摩我现在真真透澈地明白了，但这是过去，现在不必重提了，我只求永远纪念着。"

后来，她写了一首纪念徐志摩的诗——《别丢掉》，全诗回荡着忧伤的怀念：

满天的星，
只有人不见，
梦似的挂起，
你问黑夜要回
那一句话——你仍得相信
山谷中留着
有那回音！

他与她们，有遗憾，有失去，也有美好，有珍藏。正如他的那首《偶然》，他们彼此之间，一定有"交会时互放的光亮"。

这光亮，也许是用痛苦的方式，让张幼仪开辟出新天地；也许是用沉重的代价，让陆小曼步履蹒跚重拾羽翼；也许是用艺术的激情,让少女林徽因走进一片诗歌的人间四月天。

这些,你不能否认,是她们生命中至为宝贵的一份收获。

灵魂伴侣,得之我幸,不得我命。1922年夏天,剑桥大学,门房看到一个年轻人在狂风暴雨中,飞快地蹬着自行车冲到校门。他全身湿透,洋溢着青春的活力,当横跨天空的彩虹出现时,他被美景震惊,大声欢呼。

他就是徐志摩,一个要在暴雨中追寻彩虹的人。

学会爱:

暴雨和彩虹,是个两难命题。想要彩虹的绚丽,就必须先承受"一万点暴击"。

每个人年轻的时候,都甘愿为了灵魂中的自由与美而头破血流,勇往直前。灵魂是生命中无限上升的情感,伴侣则需要踏实地走在地上。两者结合,既要有抗争与打破的浪漫勇气,也会有前进与重建的现实艰辛。

追寻彩虹的激情,抵御暴雨的力量,两者同等真实,同等重要。

如果一定要给灵魂伴侣画个像,那么,他应该是这样一个人吧:暴雨时,能和你一起加固房顶,让你们的小家安全无虞;暴雨后,又和你温情相依,懂得欣赏彩虹奇妙地升起。

顾维钧 / 他们的黄金时代

如果一个女人，貌美如花，富可敌国，鼎力协助丈夫，是否可与她白头偕老，幸福一生？

顾维钧的回答是：不一定。

如果一个国家，积贫积弱，备受欺凌，长期受制于西方列强，是否可在国事外交中获得尊严？

顾维钧的回答是：全力以赴。

1919年1月28日，巴黎和会，一场关于中国山东主权的议案正在"讨论"。顾维钧雄辩现场，怒斥日本，最后以一句"中国不能放弃山东，正如西方不能失去耶路撒冷一样"震撼全场。会后，美国总统、英国首相和法国总理纷纷与他握手，称他是杰出的青年外交家。

这一年，顾维钧三十一岁。

民国第一外交家顾维钧，这是属于他的黄金时代。

6月28日，顾维钧率领中国代表团拒签不平等条约，第一次在中国外交史上，对列强坚决说"不"。直至1921年华盛顿会议，他再次代表中国，经过三十六次谈判，让日本一步步交出山东权益。

长达半个多世纪的外交生涯，顾维钧任职无数，历任驻美驻法大使、外交总长，以及联合国首席代表、海牙国际法院法官等。他本人，几乎就是一部中国近现代外交史。

时间来到1927年，上海复旦大学，有一位叫作严幼韵的女子。多年后，她是顾维钧身边的最后一位妻子。

她并不是开头提到的那位，但同样出身豪门，上海的严家豪宅绵延整个街区。她美丽聪慧，是第一批复旦女生，每天穿着从不重样的衣服，开一辆别克私家车去上学，名媛范十足。

此时，她并不知道未来与顾维钧的交集。她沉浸在青春与初恋里，不久，她与时任清华大学教授兼外交部顾问的杨光泩，举行了盛大婚礼。

青年才俊，复旦校花，他们的婚礼惊艳了整个上海滩。

此时的他们如两条平行的河流。男主角顾维钧，感情经历则跌宕起伏多了。

第一次婚姻，难逃时代窠臼。十二岁半时父辈做主定下娃娃亲，对方是父亲同僚张衡山的女儿。张家爸爸眼光的确独到，但他之后感叹："只会看相，不会看心。"

心气甚高的顾维钧，十六岁留学美国。天资聪颖的他在哥伦比亚大学获得法学博士学位，导师以最优秀外交官的标准，培养着这位青年才俊。才俊心里，也立下远大志向。可张家女儿缠着小脚，性格内向，完全不是顾维钧喜欢的类型，更不是外交官太太的合适人选。

这个意气风发、理想高远的年轻人，不可能爱上普通女子。他坚决解除了这段婚姻。

很快,他遇见了国务总理唐绍仪的女儿——唐宝玥。

唐宝玥的父亲唐绍仪曾以特使身份访美,在接见四十位留学生时,对才华出众的顾维钧印象深刻。父亲为女儿物色好夫婿,天经地义;才俊为自己辅以好前途,无可厚非。在唐绍仪的撮合下,顾维钧和唐宝玥成为一对赏心悦目的新式恋人。

1913年,他们在北京饭店举行隆重婚礼。一个是国务总理的漂亮千金,一个是前途无量的留美博士,相得益彰,羡煞旁人。

在某些社会认知里,婚姻不仅是女人的"第二次生命",也是男人事业的助推器。这场联姻,兼具"事业靠山"与"美好前程"的因素,何况两个人情投意合,简直是大大的双赢。

他们婚后感情甚笃,唐宝玥一口流利英文,知书达理,顾维钧亲昵地称她为"唐梅"。

一切顺利的话,这应该是可以白头到老的美满姻缘。可如果故事失去了波折,就不再有宿命之叹。一场席卷全球的疫情,打碎了一切。小女儿出生后不久,唐宝玥不幸染病身亡,年仅二十九岁。

顾维钧悲痛欲绝,六十多年后,他说:"那是1918年10月,本来我要赶去参加巴黎和会,但我妻病故,当时正流行西班牙流感,她成了牺牲品。她的去世对我不仅是重大损失,也是一个可怕打击。"

情未了,缘却已尽。

他晚年600万字的口述回忆录,多是外交风云和历史资料。上面那段对妻子病逝的讲述,至为动情。然后,卷帙浩繁的回忆录继续进行,直到突然出现这么一句:"我去华盛顿,携夫人同行,还有两三个秘书。"

这位突兀出现的"夫人",就是他两年之后的续弦妻子,黄蕙兰。

这是一段长达三十六年的婚姻,可在回忆录中,他甚至没有交代一星半点的前因后果。

他们于1920年结婚,1956年离婚。

世事与人心,不可捉摸。哪怕是三十六年的婚姻,最后依然雨打风吹去。哪怕她是黄蕙兰,开篇提到的貌美如花、富可敌国的女士。

黄蕙兰出生于印度尼西亚,是亚洲糖业大王黄仲涵之女,三岁时收到的生日礼物,就是八十克拉的钻石项链。豪门闺秀、社交名媛、会六国语言,所有这些闪闪发光的美誉,在顾维钧那里汇聚成一句话——外交官夫人的出色品质。

1920年,他们相识于巴黎。黄蕙兰晚年写作个人传记《没有不散的筵席》,回忆了他们的初见。她说顾维钧很土,不会跳舞,不会骑马,不会说漂亮话。但慢慢地,他以独特的方式吸引了她。

他以流利的法语,邀请她去枫丹白露;派来接她的车,挂着法国政府的外交特权牌照;去听歌剧,享用尊贵的国事包厢。这些用钱买不到的体验,让她为之振奋和骄傲。最后,她算是爱上他了。

但顾维钧从未和她谈过爱,他只是说:"我从事外交活动,最好有一位妻子,我的孩子也需要母亲。"

黄蕙兰问:"你的意思是要娶我?"

顾维钧答:"是的,我希望如此,我盼望你也愿意。"

客观、冷静、理智,像是一场有理有节的合作谈判。

他需要她天生的外交官夫人资质,她仰慕他更大更宽广的世界。两人各取所需,一拍即合,似乎也是一场双赢。可是,他和唐宝玥婚恋里的儿女情长,在这里却非常浅淡。

1920年底,婚礼举行。黄蕙兰的嫁妆奢侈到惊人的地步,比如钻石床品、镶金餐具、劳斯莱斯汽车。当晚,她精心装扮,想给丈夫一个惊喜。走到起居室一看,她愣住了,顾维钧和四个秘书正在紧张地准备第二天的国联大会。

她在一旁尴尬地坐下,他都没抬头看一眼。随后,他们前往日内瓦,锦衣玉食的大小姐,在火车上度过了她的新婚之夜。

他们的人生,从此步入强强联手的新境界。

谁也不能贸然认定,一场充分衡量客观条件的婚姻,就只有利益没有情意。婚后,他们生育了两个儿子,也曾夫唱妇随,共同进退。他们是"才华+财富、儒雅+优雅"的绝佳配合,其效果,简直好到超乎预期。两个人都在对方的助力下,把个人优势最大化。

章士钊说:"以顾夫人的多金,少川(顾维钧字)要当总统也不难,岂止一个国务总理!"

袁道丰说:"当大使太太最适合黄蕙兰的胃口,与西人酬酢应答如流,也确有她的一套。很少有中国大使的太太能够和她比拟。"

宋美龄说:"大使为提升国际地位做出贡献,别忘了大使夫人(黄蕙兰)也起了重要的作用。"

在外交场合,她优雅得宜,成为代表国家的"最美橱窗"。她被称为远东珍珠,还曾力压宋美龄,被*Vogue*杂志评为20世纪20—40年代最佳着装中国女性。

她沉浸在成功的夫人外交中,过着兴奋的日子。

顾维钧对她也非常感激，夸赞她"很帮忙"。凭借雄厚财力，她大力支持丈夫的事业。使馆经济拮据，很多外交应酬黄蕙兰都慷慨解囊。她自掏腰包，把波特兰广场上破旧的中国使馆修葺一新，又豪掷二十万美元，购下北京陈圆圆故居作为大使公馆。

当然，以大使夫人的身份，她也结交了大批国际权贵。她周旋于俄罗斯贵族之中，与英王握手，参加白金汉宫战后首次宫廷舞会，出席杜鲁门总统就职典礼——这一切都让她备感荣耀。

纯粹以事业上的"合作关系"来看，他们真是天作之合。可是，他们还是夫妻和伴侣。除去外交场合的各类应酬和应对，他们还需要轻松的交流、共同的语言、心灵的默契，这是合伙人与家人的最大区别。

显然，他们是事业上的最佳合伙人，却称不上是亲密的爱人。她的高调，一度连他们的朋友张学良都有压力。顾维钧曾说："除了我买给你的饰物，你什么都不要戴。"

男人总有些奇异的自尊心，就像一段时不时犯病的阑尾。智慧的女人懂得如何化解和根治，可从小性情直率的黄蕙兰，却理解不了，也不想理解丈夫的心理。

她当然也有性格上的弱点，火车停靠西伯利亚时，因为怕冷，她拒绝下车与丈夫同见等候多时的当地华人；战时的轮船上，为了睡个好觉，她竟然要求关闭探测冰山的号角。

两人心存芥蒂，心生隔膜。

人前的光鲜亮丽，人后的琐碎阴影，身边的人都要通通买单。
在诸多评论中，顾维钧工作勤奋，富有献身精神，是博得世人无限敬意的外交家。黄蕙兰的感受则是,"他缺少温柔和亲切的天赋。对我不是很亲热,常常心不在焉,有时令人生厌。他最关心的是中国,为国家效命"。

她说:"他对待我,就是忍让,供吃供住,人前客客气气,私下抛在一边。"

她说:"一次我患了流感,他甚至不愿跟我见面,直到我病愈。"

她最后说:"他是个可敬的人,中国很需要的人,但不是我所要的丈夫。"

生活,总被细节打败。1956年,在顾维钧卸任驻美大使之后,五十五岁的她提出离婚,两人和平分手。

三十六年婚姻,遗憾收场。

他们两个,都是自我意识强烈的人,执着于目标的人。如果他们没有那么骄傲,各自柔软一些,后退一步,结局会不会不一样呢?无论如何,谁也不能否认顾维钧的外交成就中,黄蕙兰的那一份贡献,她的名字和身影已成为中国外交历史的一部分。收获与失去的背后,是不同的人生角度。

1959年,七十一岁的顾维钧与五十四岁的严幼韵结婚,两人从此相伴余生。顾维钧说,黄蕙兰点亮了他的外交生活,严幼韵带来了爱与健康。

"复旦校花"严幼韵的人生转折,开始于1938年。

抗战爆发后,受财政部长孔祥熙请派,杨光泩出任中国驻菲律宾马尼拉总领事,筹划募捐。严幼韵随夫前往,她担任抗战妇女协会名誉主席,积极协助丈夫。不幸的是,1942年,杨光泩因拒绝与日军合作，和其他同事一起遇害。

严幼韵悲恸又恐惧，却只能选择坚强。

她有三个年幼的女儿，还要肩负起使馆遗孀们的全部生活。二十六个人在战乱的异国组成一个大家庭，她带领所有人安全挺过了战争。上海滩开着别克的富家小姐，成长为临危不乱的出色家长。

抗战胜利后，她去到联合国工作，负责官方礼仪事宜。她一干十三年，极其专业。

这些经历，造就了严幼韵乐观坚韧的性格。宋子文长女宋琼颐说："大家都仰慕幼韵阿姨，除了她开朗爽快外，还因为她完成任务的坚定决心，比如驾车。"

与严幼韵结婚后，原本严肃的外交家也变得活泼起来。

他开始喜欢开生日派对，拉着全家去滑雪，为骗过一个劫匪沾沾自喜好几年。他给严幼韵写诗："夜夜深情思爱人，朝朝无缄独自闷。千种缘由莫能解，万里聊航一日程。"

管家的小女儿回忆，有一次公公散步很晚才回家，大家又担心又生气，原来他沿着第五大道走到蒂凡尼，给奶奶买了一个漂亮的蜜蜂形首饰。

历经大风大浪，卸下所有繁华和铠甲，他们成为一对普通的恩爱夫妻。

在严幼韵的精心照顾下，顾维钧过着"不怨不尤，和颜悦色"的晚年生活。他们聊天、散步、打麻将，不亦乐乎。十三卷六百万字的口述史《顾维钧回忆录》，历时十七年，也终于在他九十六岁高龄之际完成。

叱咤风云，化作点滴回忆。1985年，九十八岁的顾维钧在与严幼韵的一次聊天后，平静逝去。而严幼韵，仍住在纽约两人曾共同生活的公寓里，乐观而豁达。2015年，110岁的她提笔写下传记序言：每天都是好日子。

她乐呵呵地总结自己的长寿秘诀，是"不锻炼，不吃补药，最爱吃肥肉。不纠结往事，永远朝前看"。

前三句开朗幽默，不无戏谑。后两句，则是穿越百年风云，终得此语。

不纠结、朝前看——感情如是，人生如是。

学会爱：

2015年，纽约大都会艺术博物馆举办了一场中国主题服饰展。有一件做工极精美的旗袍，标签上写着：1976年由顾维钧夫人赠予。

这位顾维钧夫人即旗袍的主人，指的是黄蕙兰。

黄蕙兰晚年住在曼哈顿，曾在美国作巡回演讲。她说过去的自己娇惯任性、刚愎自用，后来才真正成熟起来。

严幼韵2015年出版个人画传《109个春天——我的故事》，新书发布会选在复旦大学。这位与复旦同龄的首届女生，走过百年风云，以乐观和感恩的心态，笑对世界。

生活没有完美，婚姻总有遗憾。即使是含着"金汤匙"出生的黄蕙兰与严幼韵，也都曾领教过人生的各种打击与严苛。但她们不囿于失去，不停下脚步，不错过下一站的新风景。对生活，始终保持豁达与期待，努力成长——你终将迎来属于自己的黄金时代。

费孝通 / 那些年，我们追过的女孩

恋爱中，无论多甜蜜，我们都知道有一个人是没办法打败的。
是谁呢？
还能是谁，当然是他的初恋。
初恋，多么美好的称谓。写出来就仿佛带着风，风里有个她。男人们立刻切换成回忆模式，开始唱栀子花开啊开。
为什么大家都难忘初恋？因为，初恋代表着年少时光啊——轻裘快马，白衣飘飘，谁能不爱自己的青春呢。

1923年，苏州振华女中的操场上。
一个十一岁的小女孩，活泼俏皮。她用树枝指着沙地上的一幅画，问身旁的小男生："你说，他是谁？"
地上画的是一个胖胖的男孩头像，笑得合不拢嘴，小姑娘故意把他画得很难看。
这个顽皮的小女生，就是杨绛，一旁的胖男生就是费孝通。多年之后，费孝通被誉为中国社会学和人类学的奠基人之一，获得赫胥黎奖和联合国大英百科全书奖，名满天下。而此时，这个有点呆头呆脑、不怎么会玩游戏的小男孩，只会对着古灵精怪的小女孩

39

傻笑。

这一傻笑,就从中学笑到了大学。

杨绛和费孝通成了东吴大学的同学。一开始费孝通攻读的是医学预科,后来,他意识到根治社会之病才是当务之急。1930年,他转至燕京大学社会学系,师从吴文藻教授。

1932年,"脚上拴着月老红线"的杨绛,转学到了清华大学。

杨绛从北平火车站一出来,就看到了费孝通的身影,这是他第三次来接站。当时燕京大学在很远的郊区,他不辞辛苦地跑来跑去,除了同乡同学的友谊,应该也有"栀子花开啊开"的青春情愫吧。

可杨绛脚上的红线,另一头拴着的,却是钱钟书。

一次偶然的相见,杨绛与钱钟书陷入了热恋,这显然是费孝通不愿意看到的。小时候的憨厚小男生,跑去理论,说自己从小就认识杨绛,更有资格做她的男朋友。结果可想而知,他被告知"只是朋友",铩羽而归。

关于这则民国典故,大家都当作八卦美谈。可我想,在费孝通的内心深处,一定有着许多认真的遗憾和向往。在他晚年的文章中,甚至写杨绛是他的第一个女朋友。杨绛很无奈,只好解释"费孝通的初恋不是她的初恋"。

这份感情,也许冠以单恋之名更加合适。

每一个美好的爱情故事,不只有主角的光环,也有男二女二们的黯然神伤。不同的是,他们在各自的生活里,演绎了不一样的续集。民国大家中,金岳霖为林徽因终身未娶,胡适的初恋韦莲司为他终身未嫁,那么费孝通接下去的故事呢?

他是杨绛故事中的男二号,却成为另一位美丽女子的"蓝色生死恋",她叫王同惠。

在他们不多的合影中,我看到了这位叫作王同惠的女子。在一张照片里,她穿着立领镶边的波浪花纹旗袍,身材颀长,笑意盈盈。一旁的费孝通身着西装,脸上是招牌般的憨厚笑容。两人紧紧依偎在一起,无限甜蜜。

还有一张是他们的结婚照。王同惠一袭简单白色的婚纱,五官在黑白胶片中更显清晰。她圆脸,短发,高鼻深目,一身古典气质,在任何时代,都堪称美人。

就是这样一个温婉娴静的她,在广西瑶寨谱写了一段旷世哀歌。

费孝通单恋遭拒后,一头扎进了学业。王同惠是费孝通在燕京大学社会学系的同学,二人都师从吴文藻。在共同的学习和探讨中,费孝通逐渐发现了这个女孩的聪慧与美丽。

他们一起翻译国外的社会学著作,王同惠极具语言天赋和学术追求,她不仅在合作中为费孝通补习了第二外语法语,还满腔热情、兴致勃勃地问他:"我们是不是也可以写出这样的著作?"

这当然和费孝通的心愿不谋而合,飞扬的青春,一切都充满向上的希望。王同惠,不仅红袖添香,更是比翼齐飞。他们欣赏对方的才华,理解彼此的抱负,爱情自然水到渠成。用费孝通的话说,他们"穿梭往来,红门立雪"。

红门立雪,说的是费孝通常常不顾风雪和寒冷,站在燕京大学女生宿舍的红门前,等候恋人姗姗而来。

总觉得这和钱钟书以"曾取红花和雪无"比喻初见杨绛,有种意境上的相似。也许每位大师的青年时代，爱情的悸动，都伴随着白雪般纯粹美好的意象吧。

1935年夏，费孝通和王同惠在燕京大学未名湖畔，举行了婚礼。婚礼之后，这对立志要在学术上有所贡献的年轻人，在广西地方政府的邀请下，奔赴大瑶山实地考察。

残酷的是，这一次学术之行、蜜月之旅，竟成了他们的生死诀别。

瑶山深处，不仅有瑶寨的神秘，瑶民的热情，也隐匿着太多的深渊与凶险。在一次山野考察途中，他们与导游失散，费孝通不幸落入当地山民为抵挡猛兽制作的陷阱里。他全身被压，身负重伤。看着满身血污的丈夫，当时已怀有身孕的王同惠，握了握他的手，转身跑进密林去找人求救。

黑暗寒冷的大瑶山，吞没了王同惠最后的身影，她再也没有回来。

几天之后，人们在一处悬崖水涧边，发现了遇难的王同惠。幸存的费孝通悲痛欲绝，此时离他们的婚礼，仅仅108天。

二十四岁的王同惠，偕同青山绿水以及用生命诉说的爱，静静地长眠于此了。

遭此巨大打击，费孝通在半年之后，才能提笔记下当时的绝望心情："同惠死后，我曾打定主意把我们二人一同埋葬在瑶山里，但是不知老天存什么心，屡次把我从死中拖出来，一直到现在，正似一个打不醒的噩梦！虽则现在我们分手的日子，已经多过了我们那一段短暂的结婚生活，但是一闭眼，一切可怕的事，还好像就在眼前，我还是没有力量来追述这件事的经过。让这一幕悲剧在人间没了罢。"

王同惠成了费孝通一生最大的伤痛，也是最大的动力。想起她曾娇俏地说："我们是不是也可以写出这样的著作"，他的心就像再次被巨石击中。

他开始有计划地进行一系列的人类学研究，在导师帮助下师从世界级大师，同时继续深入乡村、调查城镇、走访民众。他的研究成果，为我国后来很多经济策略提供了宝贵参考，可以说，他是一位最接地气的"大师"。在奠定其社会人类学巨擘地位的《江村经济》一书中，费孝通在首页深情地写道："献给我的妻子王同惠。"

那些年，我们追过的女孩。

谁曾想，红门立雪的浪漫，未名湖畔的誓言，都成刹那芳华，永世隔绝。

费孝通为王同惠写过许多感人肺腑的诗词碑文，但我印象最深刻的，是他为王同惠译著再版时写的一篇序言，叫作《青春作伴好还乡》。

这句话取自杜甫的诗句，有种长歌当哭的深情，也有心意已决的从容。在他的心里，将永远有一座大瑶山，那是他们最终相聚的故乡。

逝者已矣，生者如斯。再痛的伤口也有慢慢愈合的一天，人间规律大抵如此。

费孝通出版过一部著作，名叫《行行重行行》。这个标题，很好地概括了他的学术生涯。他推崇实地考察，曾三访温州，四访贵州，五上瑶山，六访河南，七访山东，八访甘肃，二十七次回访家乡江村。

"行行重行行"，他为中国乡村经济的发展付出了毕生精力。

正因为这种乡土情结，妻子逝世四年之后，他认识了孟吟。孟吟成长自乡村，接受过新式教育，热情爽朗，通情达理。

他这样描述孟吟："我的爱人是农村来的，我喜欢她是由于她有一些我所缺少的东西。她单纯，有乡土气息。她不喜欢看电影，但喜欢在屋里屋外劳动。她殷勤好客，这是在农村养成的性格。"

费孝通此时需要的，也许正是这乡村土地般稳扎稳打的生活，来抚平心里的伤痛。

1939年，他们在昆明完婚。

此时正是抗战时期，家国飘零。第一个女儿出生时，恰逢敌机轰炸。炮火中，费孝通半扶半背着即将分娩的妻子，一路艰难走到县城，最后幸运地找到一家私人诊所，女儿这才得以顺利出生。

他为女儿取名费宗惠，昵称小惠。这个名字，寄予了他对王同惠的深沉思念，也见证了他与孟吟的患难与共。此后整整五十五年，无论多么艰难困苦，两人都不离不弃，一路相偕。

如果说杨绛是少年时纯真的涟漪，王同惠是可歌可泣的哀恸，孟吟则是一辈子的家，人生最后的终点。

晚年时，有记者采访他们，为他们拍了张合影。简朴的客厅中，孟吟坐着，手里拿一本书，费孝通站在她身后，一只手极其自然，又极尽爱护地搭在她的肩头。两人看向镜头，慈祥地笑着。

你会发现，他们竟然长得很像。

只有长期和睦相处，心意相通的夫妻，才能有这样平和幸福的表情吧。人生太多波折，大悲大恸之后还能遇到知心人，风雨同舟一路相伴，也是命运的眷顾。1994年，孟吟病逝，费孝通感慨万千，作诗悼念：

老妻久病，终得永息。
老夫忆旧，幽明难接。
往事如烟，忧患重积。
颠簸万里，悲喜交集。
少怀初衷，今犹如昔。
残枫经秋，星火不熄。

一声"老妻"，道尽五十五年情意。半个多世纪的坎坷，两人面对镜头的一个微笑，已是留给世人最好的感动。这一刻，有你陪在我身边，世界就很好。

谁没有青春的悸动和刻骨的往事呢？

初恋、青春、岁月。这些词，都是有重量的，时间越久，就越重。

它们会沉在时间的河底，藏在我们的心里。我们偶尔记起，偶尔忘记。有时觉得是年少无知，付之一笑；有时又认真回忆，心有戚戚。

普通人如此，学者大师们也概莫能外。20世纪90年代，浙江文艺出版社策划出版一套名家散文集。当出版方告知费孝通老人，将收录他和钱钟书、杨绛三人的散文为同一书系时，费老孩子般地脱口而出："历史真是妙！"

妙在何处呢？

也许是想起了少年时的小情怀，偶尔旖旎到如今吧。

在大家都老去的日子里，时光也更显珍贵。后来，他和杨绛都变成了独居的老人。费孝通经常让儿女或身边的工作人员去探望杨绎，间或送一些小盆栽之类。这份从儿时开始的情谊，已沉淀成岁月最美好的回忆。

但在费孝通心底，还有一处最遥远的故乡，那就是1935年的大瑶山。

2005年，费孝通病逝，走完了他"行行重行行"的一生。他临终时的遗愿，是把他的部分骨灰带到广西瑶寨，与长眠在那里的王同惠合葬。生死相许的爱，七十年后，他们再次重逢。

漫长又短暂的人生，我们会遇见几多人，几多情？

在对的时间，对的地点，遇见对的人，此生无憾。

学会爱：

面对初恋与前女友这种亘古不变的话题，最好的答案是：别找堵。

尤其是初恋。

这就相当于美图秀秀和真人秀的区别。

初恋在他脑海里，是加了滤镜的美化版。而你天天在他跟前晃，是原图无PS版。所以，原谅那个脑海里的美图秀秀吧。其实，他也知道，那只是一种怀念而已。

再说了，你就能保证在你的脑海里，没有N年前的篮球少年吗？——美图秀秀版的。

珍惜真人版，好好过。

鲁 迅 / 遇见"女版"的自己

有这样一句话，说的是："很多男人，都容易被女版的自己所吸引。"

鲁迅和许广平，似乎怎么都跟这句话搭不上边。是啊，一个是中国现代文学的奠基人，一个是总在忙碌照料家人的家庭主妇——她怎么可能是"女版"的鲁迅呢？

可细究下去，他们之间的爱情，恰好是这句话的生动注解。

也许是萧红的《回忆鲁迅先生》写得太好了，许广平作为"许先生"的形象，深入人心。在文章中，她是标准的贤妻良母，亲自买米买炭，为客人下厨做鱼做肉，"都用大碗装着，多则七八碗"。

萧红的回忆，当然依据的是她自己的生活时间轴。那时候，实际上已是鲁迅在世的最后两年。许广平在生活上对鲁迅无微不至地照顾，成为一众年轻人对他们最深刻的印象。

1934年，鲁迅为许广平赠诗一首："十年携手共艰危，以沫相濡亦可哀。聊借画图怡倦眼，此中甘苦两心知。"——沉痛之感与歉疚之情，溢于言表，他似乎已知道自己的时间不多了。

两年后，鲁迅去世。

可是，十二年前，爱情又是怎样开始的呢？

江南多才子，生于浙江绍兴的鲁迅，在才子的基因上，多了些沉郁的气质。奔赴日本攻读医学时，他的初衷，是以西医救助像父亲那样曾被"中医"耽误的国人。他还说："如果发生战争，我可以去当军医。"

然而中途的两件事，改变了他的一生。

第一件事，是一次课后，教授放映了发生在中国东北的"日俄战争"幻灯片。影片中麻木的民众，无知的看客，让他深受刺激。再强壮的愚民还是愚民，他从此弃医从文，将手术刀换成犀利的文字。他以文学为武器，不停地呐喊、奔袭、搏斗，渴望刺痛和改变"国民性"。

他说，在那样的中国，他不愿自顾自风雅，遁进艺术的殿堂去陪莎士比亚吃黄油面包。哪怕收获的只是"灵魂的荒凉和粗糙"，鲁迅说，他亦不悔。

第二件事，直接导致了他个人情感的悲剧和荒芜。

留学期间，母亲以病危为由将他哄骗回国。一进家门，爆竹唢呐声中，一个叫朱安的女子成为他的妻子。

朱安是保姆长妈妈的远房外甥女，不识字，不说话，平时最爱的消遣，是坐在角落里抽旱烟和水烟。朱安是蒙昧的，也是无辜的。命运的安排，在鲁迅身上来了一个大错位。

鲁迅没有反抗，也没有退婚，他选择了咽下这份愤怒和苦涩。他知道，在绍兴乡下，一个被退婚的女人面临的是一辈子的耻辱，甚至毁灭。

朱安与鲁迅，在民国的包办婚姻中，是包办得最为"悬殊"

的一对。他们完全是两个世界，那是一种近乎绝望的隔阂与陌生。这场无性的婚姻，形同虚设，鲁迅整整过了长达二十年的独身生活。他曾对好友说："这是母亲给我的一件礼物，我只能好好地供养它，爱情是我所不知道的。"他已经打算为了这个"母亲的礼物"，就此了却一生。

直到1923年，一个"女版"的自己——热情叛逆的许广平出现了。

1923年10月，北京女子高等师范学校的一间教室里，许广平坐在第一排，第一次看到赫赫有名的鲁迅先生。

他神色严峻，穿着打满补丁的长衫，头发足有两寸多长，笔直地竖立着。他讲课也很奇怪，说到兴起时，许广平描述他："人又鹘落，常从讲台跳上跳下。"

这形象，分明是霍格沃茨学校穿着黑斗篷的魔法老师。

鲁迅从来不是文质彬彬的传统书生形象，无论是外貌、性格还是文风，他和被称为"文坛硬汉"的美国作家海明威，有着异曲同工之妙。两人均须眉髯口，文笔冷峻。海明威热衷出海狩猎，鲁迅年轻时则最爱骑马，专门与擅长骑术的旗人子弟竞争挑战。

他的身上，历来流淌着尚武之血。

而许广平正好是一朵铿锵开放的木兰花，她少女时代就大胆抗婚，十九岁入读天津第一女子师范学校，二十一岁参加五四运动，担任《醒世周刊》编辑，二十四岁考入北京女师大，成为学生会总干事。

这几乎是一份五四新女性的完美履历。

性格这东西，血缘承继，与生俱来。许广平的家族中有许多知名人物，且大多是武将，有反英功臣、粤军司令、铁血将军、红军名宿。DNA的力量是强大的，她的叛逆和热情，由来有因。

一年多的课程，思维敏捷、提问犀利的"花木兰"，让鲁迅印象深刻。

1925年3月，许广平给鲁迅写了第一封信。

忐忑不安中，她很快等到了鲁迅的回信。

有人推算信件的收发时间，发现两人都是秒回。课堂经常见面，课后还要迫不及待地写信——陷入恋爱的人，都明白这种心境。当然，此时的信件内容并未涉及感情。但在一封信中，许广平问："先生，有什么法子在苦药中加点糖分？有糖分是否即绝对不苦？"

鲁迅答："苦茶加糖，其苦之量如故，只是聊胜于无糖。但这糖就不容易找到，我不知道在哪里，只好交白卷了。"

一问一答，许广平的大胆情愫，鲁迅的矛盾回应，已清晰可见。

其实在当时，还有另外一个女生暗恋着鲁迅。

这个女生叫作许羡苏，她性格温和内敛，鲁迅的母亲非常喜欢她，常常拉着她聊家常，一说好几个小时。可是她对鲁迅过于敬畏，在她眼里，鲁迅太高大，只能仰望。

许广平则不同，她敬仰鲁迅的深刻严肃，也讶异他的热情幽默。她率直、活泼、朝气，想到什么说什么。鲁迅向来痛恨无知愚昧，痛恨欺诈虚伪，许广平这种带着"新气象"的性格，是不是让他觉得在"铁屋子"一般的社会里，终于有了一丝阳光般的希望？

鲁迅对她，心境已有不同。

在更近距离地了解鲁迅清苦孤独的生活之后，许广平由最初的敬仰，到朦胧的爱慕，再到强烈的怜惜。这个比鲁迅小十七岁的二十五岁女孩，竟然对他产生了一种保护欲。

她甚至带点打抱不平地想："他为什么只想到牺牲自己呢？他有权利得到爱啊！"勇敢的她，向鲁迅敞开了爱的心扉。

鲁迅还来不及反应，一场女师大的学潮运动，席卷而来。许广平处在风口浪尖，她是学生会代表，一度被学校勒令退学，并被冠名"害群之马"。此次事件之后，每次看到许广平，鲁迅的母亲就会说："害马姑娘来了。"

这匹桀骜不驯、攻城略地的"害马"，让鲁迅非常挣扎。

许广平的爱，让他觉得"不配、不敢，生怕辱没了对方"。最大的原因，当然是因为他已有婚姻。

鲁迅一直是善待朱安的。许广平回忆，有一次她和同学去鲁迅家，鲁迅拿着一盒桃酥，先让母亲挑，再走到朱安那里说："你也拿一点吧。"最后，再分给学生。在他眼里，朱安和大家是平等的。

孤独生活二十年后，许广平却让冰冻已久的心，慢慢地出现了解冻的裂缝。不过，他还是以最大的理性，陈述着许多不配的理由，最后悲哀地说："为什么还要爱呢？"

许广平只回答了一句："神未必这样想。"

一句勃朗宁的诗句，让许广平在这场爱的对峙中，取得了最后的胜利。

人非草木，意志力再强大的"战士"，除了匕首投枪，也渴望春风化雨。鲁迅不再顾忌什么社会舆论，不再担心政敌肆意歪曲，余下的生命历程里，他不想再违拗自己的内心。他握着许广平的手说："我可以爱，我只爱你一人。"

1926年8月，他们离别北平南下。

1927年10月，于上海正式定居。

1929年10月，儿子周海婴诞生。

初到上海时，鲁迅像个欢快的少年，对好友内山书店的老板内山完造说："我和许，结婚了。"

许广平在给挚友的信中说："我亦飘零余生，向来视生命如草芥，对世俗名义毫不在意，只要两心相印，两相怜爱。"

这位花木兰一般的"害马"姑娘，从此成为鲁迅余生的生活伴侣。

一场相爱，两个强者。她也曾有过"责问自己读了书，不给社会服务"的遗憾，但她选择了鲁迅，就选择了一种注定不会平静的生活。她决定以另一种力量，助他一臂之力。

柔软的月光与温柔的抚慰，有时不是退却，而是另一种爱的方式。

在许广平的照顾下，鲁迅在上海度过了人生中的最后九年，其著述数量，超过了前二十几年的总和。

想起阿里巴巴创始人马云的情感逸事。一次，雅虎CEO杨致远问起他的太太张瑛，马云说："张瑛以前是我事业上的搭档，我也一直把她当作生产资料。但现在我觉得，作为太太，她更适合做生活资料。"

据说张瑛得知这一戏谑说法后,一笑置之,颔首默认。

婚姻的相处之道,不是一定要摆出"一手家庭、一手事业"的完美姿态,而是两个人之间,自然相处,懂得如何在生活中进退和取舍。

实际上,站在鲁迅身边并没有那么简单。她是表面上的"主妇",骨子里的"豪杰"。他们的生活,有平凡,也有乐趣;有枯燥,也有惊险。所有这些,和她性格里的大胆叛逆,如出一辙。

他们共同面对时局的动荡,生活的琐碎,工作的繁重;共同面对鲁迅日渐恶化的健康状况,面对形形色色的人物事件。白色恐怖最严重的时候,两人上街,鲁迅从来坚持让许广平走在马路的对面,叮嘱她一旦出事,第一时间避开。

暗杀事件频出时,他们藏身内山书店的潮湿小阁,举家避难。

小学课本上的诗句,"惯于长夜过春时,挈妇将雏鬓有丝",就是此时所作。鲁迅少有儿女情长的吟诗作对,生死与共,也是寥寥数语。

鲁迅逝世后,许广平在巨大的悲痛中密切配合了由宋庆龄主持的整个吊唁活动。事后,胡风赞叹道:"她不只是一个满脸笑容、和蔼可亲的主妇,还是一位遇大事镇定冷静的女中豪杰。"

许多人不了解她年轻时的风采,也不知道鲁迅去世后她的生活:编辑出版,大量写作,出国访问,从事政府工作,"文革"中拼死抢救鲁迅遗稿——沾染风光,也历经磨难。

"女版"的她,从未改变。

他们当然也有寻常夫妻的浪漫与烦恼。

鲁迅给许广平取昵称，叫她"乖姑""小刺猬"。他说："我现在只望乖姑要乖，保养自己，我也当心平气和，不使小刺猬忧虑。"林语堂曾说鲁迅是天才，白象一般罕见，许广平就在信里称呼鲁迅为"小白象"。海婴出生时皮肤红红的，鲁迅就给儿子取了个外号，叫他"小红象"。

有一次，保姆和许广平都睡着了，海婴哭了起来。鲁迅抱着他边走边唱：

小红、小象、小红象，
小象、小红、小象红，
小象、小红、小红象，
小红、小象、小红红。

轻柔的歌声中，海婴终于睡着了。

1933年，鲁迅把他和许广平所有的通信，编辑成《两地书》公开出版。出版社定稿之后，他不辞辛劳，用毛笔全部抄写一遍，装订成一个精致的小册子，说留给海婴以后看。

磊落情深，是为至爱。

婚姻中的细节，有温暖就有冷落，有陪伴就有隔阂。谁的心里还没有一些膈应呢？他们曾经拌嘴，许广平说："因为你是先生，我多少让你些，如果是年龄相仿的对手，我不会这样的。"

鲁迅立刻说："这我知道。"又加了句："做文学家的女人真不容易呢，早通知过你，你不相信。"

许广平笑着说："我总要反抗一下，实地研究一下啊。"

没有哪场婚姻是容易的，也没有哪种婚姻模式是正确的、标准的。两个人从相爱走进生活，一起过日子。说实话，谁的婚姻，能经得起别人条分缕析地翻检，断章取义地评判呢？学会理解，再用领悟审视自己，变得更加从容与成熟——这就是故事送给我们的礼物。

鲁迅去世后，许广平继续在经济上支持朱安。她一直很同情朱安，朱安曾拒绝周作人的资助，却接受许广平的汇款。她说："许小姐待我好，她懂得我的想法，她的确是个好人。"

天才女作家萧红写就的《回忆鲁迅先生》，其诚挚天真，令人感怀。李洁吾对她说："鲁迅待你们就像慈父一样"，萧红立刻反驳："不对！应该说像祖父一样，没有那么好的父亲！"

曾经，在上海一处里弄的楼房里，鲁迅先生埋首工作，许先生忙着家务，海婴正在上楼梯，脚步声"噔噔噔"的。一会儿，飘来了烟草味和饭菜的香味，命运多舛的萧红，站在这个家中的客厅里，体会到了生命中难得的温暖。

1936年10月18日晚，病情一直恶化的鲁迅，对身边的许广平说："时候不早了，你去睡吧。"许广平没走，就靠在床边。鲁迅像是预感到了什么，每当许广平为他擦汗，他就紧紧握住她的手。许广平怕他难过，装作不领会他的意思，轻轻把手松开。

19日凌晨，五十五岁的鲁迅停止了呼吸。海婴大哭着叫爸爸，可鲁迅再也不能叫他一声"小红象"了。

《两地书》的序言里，鲁迅说："此书既没有死啊活啊的热情，也没有花啊月啊的佳句，如果说它的特色是什么，我想，恐怕就是它的平凡吧。"平凡的爱与婚姻里，有他们才能懂得的十年携手，此中甘苦。

学会爱：

选择他，就追随到底；爱他，就爱得彻底。在婚姻里，许广平付出全部，并不刻意摆出一个灵魂伴侣的样子。

婚姻并不是一架严格的天平，你付出几斤，我就回报几两。婚姻的天平很少四平八稳、纹丝不动。相反，它总是在双方相处模式的变化中，取得动态平衡。所谓动态平衡，即是能进能退。进，可以是学生领袖，女中豪杰；退，可甘做羹汤，隐身为妻。

－进－退之间，关键是你愿不愿意，他值不值得。

当爱情的力量，唤起你内心最本真的意愿；当对方的人格，值得你倾情一场的付出——那么，尽情去爱吧。唯有爱，是抵达内心幸福的芬芳之路。

胡 适 / 从最初的暧昧，到最后的决断

首先问你一个问题，你觉得吴彦祖帅吗？

有一部电影，由吴彦祖扮演胡适。剧照一公布，一片惊叹，太像了，笑容眉目如出一辙，胡适竟然可以与吴彦祖撞脸。

胡适是中国白话文和新文化运动的领导者，曾任驻美大使、北大校长，是著名的哲学家和思想家。他博学多识、儒雅帅气，据说年轻时收到的各路情书，要以箱计。

他的感情经历，历来为世人津津乐道。留美博士娶小脚太太，成为民国奇谈之一。他也一生情缘不断，曾有人以"星星""月亮""太阳"打比喻，专门写了本胡适的感情传记。星星们的爱恨嗔痴，真是你方唱罢我登场。

那么再问一个问题，如果有谁不幸爱上了胡适，该怎么办呢？

现在看来，某些家长的眼光，的确毒辣精准，比如江冬秀的母亲。

胡适小时候随家人去邻村看戏，一眼被江母相中。这位母亲打通多方关系，坚持要把女儿许配与他。一场娃娃亲，命运般降临。

肩负着设定好的婚姻程序，胡适留学去了美国，师从哲学大师

约翰·杜威。虽然母亲在信中一再叮嘱他"男女交际尤须留心",但人的情感,不可能完全按照写好的程序来。在康奈尔大学,他遇到了一生的红颜知己,教授家的女儿韦莲司。

韦莲司是画家,在胡适看来,她"高洁几近狂狷,读书之多,见地之高,诚非寻常女子"。

他们心意相通,情投意合。但在那个年代,"父母之命"是最难违抗的。在母亲的一再催促下,1917年,胡适无奈告别韦莲司,回国完婚。

新婚之夜,他第一次见到了江冬秀。

这个桥段,是不是让你很眼熟?是的,鲁迅的包办婚姻,和胡适几乎一样。但不得不说,即使是包办婚姻,那也是各有各的花样和造化,胡适就比鲁迅幸运多了。

安排在他名下的江冬秀,并不是大字不识、闭目塞听的人。她出身于当地望族,按胡适母亲的说法,其模样性情,在当地那也是"翘楚"。

"翘楚"很上进,在胡适留学期间,她进了私塾,学了一些字,开始给他写些简单的信。她性格里的决断与活络,也初初显露。为了赢得婆婆的心,她常去婆家帮忙干活。据说有个本家人,看见她挪着小脚,在胡适家扫院子,大为吃惊,说:"你在家可是大门不出、二门不迈的大小姐啊,怎么在胡家当粗使丫头。"

那个年代的婆婆们,谁会不喜欢这样的儿媳呢?正因为母亲的坚定态度,胡适再也无法拖延回避。二十七岁时,他以北大教授的身份,回到家乡娶了江冬秀。

赢得胡母，算是江冬秀的第一个胜利，还算和风细雨。第二个胜利，则悲壮得多了。

婚后，江冬秀随胡适在北平生活，新婚宴尔，感情还算不错。胡适在这一时期给韦莲司的信中，充满了初为人夫的喜悦。

新晋胡夫人热情开朗，性格大方，与一众文人打交道毫不畏惧，反而有种乡村邻里的泼辣爽利之感。她喜欢在家里打牌，请客，满满做上一桌好菜。日子过得热热闹闹、和和美美。然而，"七年之痒"还是来了——准确地说，还提前了一年。

1923年，胡适在杭州休养，遇见了名义上的表妹曹诚英。

胡适是中国白话诗最早的创作者，1917年，他发表了中国现代文学史上的第一批新诗。他曾为自己和江冬秀写过一组《新婚杂诗》，字词情感都很质朴，比如："锈了你嫁奁中的刀剪，改了你多少嫁衣新样，更老了你和我人儿一双！"

当时的他还不知道，这把生锈的刀剪，简直就像一个伏笔，将在六年之后重出江湖。

六年之后，杭州之行，他的情诗标题，变成了惊悚的《秘魔崖月夜》。在诗里，他称对方是"驱不走的情魔"。

这是胡适一生中，最为投入和炽热的一段感情。

情投意合，双栖双飞。胡适幻想的"执经问字、伉俪师友"之乐，曹表妹完美回应。他们在杭州烟霞洞租住下来，下棋赏月看日出。胡适在日记里写，这三个月是他一生中最快乐的日子。

另一边的江冬秀却毫不知情，她还在写信给曹表妹，说感谢她的照应，自己很放心。

可以想象当胡适回到北平，鼓起勇气提出离婚时，江冬秀的表情和心情。她极度愤怒,乡村妇人的泼辣与杀气,喷涌而出。据说她顺手抄起锈了的"嫁奁中的刀剪",拿两个儿子和自己的命作威胁。书生胡适被彻底吓倒,从此不敢再提。

但也有好事者仔细翻查资料,说胡适回到北平是11月30日。查阅他的日记,发现他每天都在翻译,写书,作序。12月30日那天,更是特意在日记中写下:"今天是我和冬秀结婚六周年。"

温情脉脉,根本没有任何离婚大战的炮火痕迹。

历史的细节都湮没在故纸堆里,何况这些众说纷纭的情感八卦。无论当时的实际情形如何,曹诚英事件,确实打碎了江冬秀对胡适的信任,伤透了她的心,也释放了她性格中最强硬的一面。

但是,我们绝对不能盲目乐观,以看热闹不嫌事大的心念,从此认为"武力"是解决一切的手段。因为稍有生活经验的人都知道,很多事,如果只管撕破脸的快感,不留任何回旋余地,只会两败俱伤,一去不复返。

何况已有人考证,胡夫人发飙时的那把刀,不过是把塑料裁纸刀而已。其伤害值,可能还不如陆小曼盛怒中砸向徐志摩脸上的那把烟枪。

江冬秀的裁纸刀,更像是胡适顺势而下的一个台阶。

胡适放弃曹诚英,最深层的原因并不是江冬秀的威胁,而是他自己的决定和选择。这个选择,植根于他对人生的看法,对爱情的观念。

他曾不止一次在文章和言谈里,表达自己不一样的爱情观。那些普通人"求不得、放不下"的相思之苦,那种杜丽娘式的"为爱生、为爱死"的生离死别,那种徐志摩般"得之我幸,不得我命"

对人生知音的热烈追求，在胡适那里，是没有的。

他在一首诗中说："吾乃淡荡人，未知爱何似。"翻译成大白话，就是，我本是一个散淡的人，从来不会为爱烦恼。

早在美国留学期间，这个非常了解自己的年轻男人就说了，"自己过于理性，要加强感性思维的一面"。在他洞若观火、波平如镜的心中，爱情其实并没有那么重要。

他说："爱情只是生命中的一件事，而不是唯一的一件事。"在他与韦莲司、曹诚英，以及其他几位女子的感情经历中，他一直在身体力行着这句话。

在他的人生天平里，爱的分量，实在不值得他去花力气争取一番。

这场"扔剪刀"的感情风波，真相就是如此。对于一个本来就不想作战的丈夫，一个下马威，足矣。

如果你遇见的是急于娶王映霞的郁达夫，娶林徽因的徐志摩，怕是下马威加上全武行，都不管用。因为对方去意已决，那才是佛挡杀佛，城已倾覆。

所以江冬秀是幸运的，不幸的，是曹诚英们。

一个女人最大的幸与不幸，就是爱上胡适吧。幸运，是爱他够浪漫，够风雅；不幸，当然是没有结果，只有苦果。

在当时的文坛政坛，胡适以独特的人格魅力，赢得诸多人物的尊敬，"我的朋友胡适之"一度成为美谈。对于女性，他从来细心体贴，一派绅士风度。人性是复杂的，他的缺点，也许是当太多人爱他时，他也多情。

如果爱上胡适这类男人，该怎么办？

唯一的答案，只能是：迅速自救，不作流连；不抱幻想，尽快翻篇。

也许说起来容易做起来难，但再难，也要去做。因为一个理性的情种，爱从来只是他片刻的停留。

韦莲司，与胡适相知四十八年的红颜知己。年轻时的情愫，让她一生对胡适念念不忘。但胡适在他们最情意相笃之时，仍然选择遵从母命——其爱情观念，初露端倪。胡适婚后，他们一直鱼雁传书，保持联系。守候着这份虚无缥缈的感情，韦莲司一生未嫁。

曹诚英，胡适最热烈的一次爱情，但也仅仅是三个月的风花雪月，就黯然收场。八年之后，1934年，胡适推荐曹诚英留学美国，并委托韦莲司给予照顾。而在自己去美国的行程中，却坚持不与曹诚英见面，哪怕曹小姐为此大病一场。

1949年2月，胡适离开大陆，途经上海。亚东图书馆老板请胡适吃饭，时任复旦大学教授的曹诚英作陪。昔日情人力劝胡适留下来，但他什么也没说，只是微微一笑。

这是他们此生的最后一面。曹诚英去世前，还嘱咐将她的墓地，修在胡适回乡的必经之路上。

胡适一生中，除了这两段著名情缘，为其倾慕的女子何其多也。他的态度，全是从最初的暧昧到最后的决断。

比如出自名门的北大才女徐小姐，这位比胡适小二十一岁的女学生，称他为"糜先生"，热烈追求他。在1936年的信中，徐小姐曾说他们"同在上海找到了快乐"。1938年，胡适出任美国大使，他立刻切断与她的一切联系，更拒绝她提出的留学帮助。徐小姐无限懊恼，另行嫁人。

有一类男人的天性，是对羽毛的百般爱惜。一旦危及于此，他会第一时间迅速撤离。

1937年，胡适到达纽约，专程探望恩师杜威先生，认识了他的秘书洛维茨小姐。两人很快形影不离，如胶似漆，洛维茨甚至与未婚夫解除婚约，她写信对胡适说："我很伤脑筋，想征求你的意见。给我写封长信吧，现在就写！"

即将正式上任驻美大使的胡适，当然不会对她有任何回应。

除此之外，还有红颜知己陈衡哲，痴情女子朱毅农。这个名单，很长很伤人。

江冬秀该有多么强大的灵魂，才兜得住胡适这一生中熙来攘往的红颜们，这哪是一把裁纸刀能办得到的。

1955年，张爱玲在纽约街头，第一次见到胡适与江冬秀。

他们两鬓斑白，已是相偕走完了大半辈子的老夫老妻。张爱玲描述江冬秀："端丽的圆脸上，看得出当年的模样，两手交握着站在当地，态度有点生涩……我立刻想起读到的关于他们是旧式婚姻罕有的幸福的例子。"

整体回望过去，他们的感情其实一直不错。按胡适自己的话说，其实他的家庭和婚姻，并没有什么大过不去的地方。

江冬秀有另一种让他不舍的聪明与温暖。她爱笑豪爽，落落大方；仗义疏财，心思细密。她的一些信件，被唐德刚赞为手迹"可爱质朴"，很多白话也"相当漂亮"。

她颇有宽广心胸，胡适收到的几大箱情书，搬家时要扔，江冬秀都帮他保留了下来。她给胡适寄衣服，贴心地在衣兜里装上七副挖耳勺子，胡适很感动："只有冬秀才能想到这些。"在纽约时，她在胡适的领带上缝了一个小暗袋，里面装五元钱，说是万一被抢了还有零钱坐车回家。她厌恶官场，劝诫胡适不要做官，胡适赞她是难得的明大体的女人。

这就是江冬秀在婚姻中完整的模样，她以源于乡村的质朴和强悍，包容了身边环绕着太多莺声燕语的"情种"丈夫，他们一起走到了最后。纽约街头，张爱玲从她脸上，看到的是"端丽"与"幸福"。

所以，如果你没有江冬秀这颗粗犷强大，可爆发可隐忍的心，就不要嫁给"胡适"；如果你不想如曹小姐、徐小姐、韦莲司、洛维茨这般身中情伤，也不要爱上"胡适"。

他的"未知爱何似"，才是一把真正的刀，锐利地打量着情感的走向与得失。他是个多情的人，但浅尝辄止；他是个温柔的人，也深谙克制。一份感情，一旦超出他的认可范围，他会立刻剪除枝叶，毫不犹豫。而他祭出"怕太太"这个名号，也不失为一种隐藏的策略。

仍然是那句话，人性太复杂，它没有绝对的明暗是非，让你一目了然。

如若遇见胡适一般的人，又不幸动了心，要记住，他不仅是温润如玉，也是寒夜锋刀。除了片刻情意，他那里没有你的未来。

让江冬秀的归江冬秀，你转身离开吧。你会发现，这世界上的美人美物，还有太多。

学会爱：

在胡适的感情故事中，最让人感慨的是韦莲司这个女子。

初恋、挚友、精神伴侣、亲密爱人。所有的身份重叠在一起，叠成一段长达四十八年的情意，叠成孤独离世时的一摞摞书信——她的遗物中，精心保留了胡适所有的文字与稿件。

她爱他，爱了一辈子。在这种爱中，她的自我体验是幸福的。可这种爱，终究是扎根在怀念和想象里，与生活的土壤无关。这爱就像云雾，无论变幻得多么美妙，本质上也是一场虚无。

这虚无，靠着"回忆、信件、心灵的相守、偶尔的相聚"来滋养，她真的没有任何遗憾与寂寞吗？这种爱又有几分真实，几分厚重呢？以这般寡淡凉薄的精神清茶，代替真实温暖的凡俗幸福，代价太大。

不属于自己的爱，无论多痛多不舍，请勇敢离开。

寻常儿女，最好觅得寻常爱情，阳光之下，细水长流。

徐悲鸿 / 没有对错，只有岁月

2016年，香港佳士得春拍现场，徐悲鸿的《庚信诗意图》，以3260万港元高价成交。

一代绘画大师，他的画艺让万人敬仰。他的爱情故事，却如雾里看花，扑朔迷离。蒋碧微可以写一本《我与悲鸿》，廖静文也可以写一本《徐悲鸿的一生》，孙多慈心中一段苦恋，以沉默作另一番表达。

同一个人，不同的面目；同一件事，不同的表述。穿越时间的迷雾，究竟谁对谁错呢？

1953年，五十八岁的徐悲鸿猝然病逝，留下陪伴了七年的妻子廖静文和两个幼子。消息传到台湾，蒋碧微站在油画《琴课》前，注视良久，面色凄然。孙多慈闻讯潸然泪下，之后素衣素食，为其守孝三年。

这三个女子，出现在徐悲鸿不同的人生阶段——青年，蒋碧微是私定终身的浪漫红颜；中年，孙多慈是画艺卓绝的温柔才女；暮年，廖静文伴其左右，给予了他人生中最后的温暖。

每一段感情，似乎都可用一行文字，平静作结。

2006年，有记者采访八十三岁的廖静文。老人特意挑一件鲜艳的紫色衣服穿，笑着说："悲鸿最爱紫色。"

在为这三个女子所作的画像中，他都用到了紫色。油画《蜜月》里，蒋碧微穿着浅紫衣裳，画面笔触温柔，氤氲着阳光的芬芳。其余以她为模特的画作，她大多一袭蓝紫旗袍，神采飞扬。一望可知，是热烈且自信的女子。

否则，她不会有违抗家庭与他私奔的胆识。

徐悲鸿出生于江苏宜兴一个平民家庭，从小跟父亲学画，十岁就能填彩敷色，撰写春联。天资加勤奋，二十岁的他已得到蔡元培、陈师曾等众多大师的赏识。才华横溢的青年画家，在上海蒋梅笙教授的家中初见蒋碧微时，他二十三岁，她十九岁，已被许配人家。

那时候，她还叫蒋棠珍，海棠花一般美丽。父母并不知道，这一对看似无害的小儿女，已悄悄打点好了私奔的事宜。

严厉家风下，他们甚至从未单独交谈过，但心领神会间，两人早已心意相通。徐悲鸿托人问她："我想带你一起去日本，你去吗？"

她答："去！"

锋利果断的性情，唰唰几下，就将从前的海棠花尽数打落。

一个月夜，她留下一封信给母亲，而后出现在爱多亚路。徐悲鸿见到她，欣喜若狂，立刻将一枚水晶戒指给她戴上。戒指上刻着两个字：碧微。

他说："这是我太太的名字。"

从此，她成了蒋碧微。

1917年，他们先去日本，后去法国。在巴黎，他们度过了最困窘也最相爱的时光。爱与艺术，光芒四射，掩盖了难挨的贫穷。徐悲鸿拼命作画，攒钱买下蒋碧微朝思暮想的一件风衣；蒋碧微省吃俭用，送给丈夫他一直舍不得买的一块怀表。

最美好的事，莫过于人生若只如初见。可时间不是怀表，不会停下。

长达八年的留学生活，有情饮水饱的浪漫，慢慢变作如鲠在喉的隔阂。徐悲鸿全身心投入绘画，到处奔波写生，常常连续作画十几个小时，以至犯上严重的肠痉挛病。血气方刚的他，还在课堂上应对外国学生的挑衅，说要各自"代表国家"作画。

他的心里，是荣誉、桂冠、出人头地。已有大师雏形的他，此时不会是个好丈夫。一个籍籍无名、苦于奋斗的年轻人，不懂得也没时间，去呵护身边那株义无反顾、月夜出逃的海棠花。

最终在事业上，他胜利了。他的《老妇》《箫声》《奴隶与狮》等大量画作，入选法国国家美术展览会，轰动巴黎。

另一边，却是爱情的冷却。

蒋碧微晚年写作《我与悲鸿》，笔法克制，姿态优雅。她说，非常佩服"徐先生"当时的刻苦向上，他们一起撑过了在欧洲的清寒时光。

轻描淡写、客客气气的文字背后，掩藏着过往的五味杂陈。

而当时已出现罅隙的夫妻关系中，又跑进来一个张道藩。

1922年，后来成为台湾立法院院长的张道藩，在柏林对蒋碧微一见钟情。1926年，怀着对蒋碧微无望的爱恋，他与法国姑娘苏珊结了婚。

但故事没有完,而是在缓缓拉开更大的帷幕。

蒋碧微外形高挑妩媚,海棠一般大花大朵。但她的性情不是花瓣,是花刺。

曾经红拂夜奔的她,历来有刀兵之气。她热衷交际,泼辣凌厉,早在巴黎期间,就和一众留学生们组成艺术团体"天狗会",她是唯一的女子,被大家称作"压寨夫人"。这种性格的女子,你爱她,她就是烈焰红唇,不爱她,她就是利齿尖牙。

1927年,徐悲鸿学成归国,任教于南京中央大学。

他呼吁中国绘画的写实性、创新性,所作国画彩墨浑成。尤其是笔下奔马,骨骼神韵惊绝于世。他先后完成大型历史题材油画《田横五百士》《九方皋》等,受邀在布鲁塞尔、巴黎举办个人画展。他成了大师,他们的生活,苦尽甘来。

可两人的关系,却紧张得如同箭在弦上。

十几年的夫妻,她怪他冷漠自大,他说她挑剔强势。性格、志趣、生活方式的大相径庭,让两人之间的裂痕越来越大。据朋友们回忆,有一次吵架之后,徐悲鸿离家躲在火车站里,彷徨不知去处。

岁月,将私奔的激情,化作了婚姻的斗争。

然后,他遇见孙多慈,她重逢张道藩。

在廖静文的书里,徐悲鸿说,孙多慈不过是一个难得的有才华的女学生。可在徐悲鸿自己的画和文字里,孙多慈分明是一举一动都牵动心弦的爱人。

第一次看到她刚健质朴的笔法,徐悲鸿就暗暗吃惊。仅仅一个月后，毫无西画基础的她，素描已显上乘。"慈学画三月，智慧绝伦，敏妙之才，吾所罕见"。这个罕见的、才华横溢的、不爱说话的女生，让处在中年危机的大师，心中充满欣赏和爱惜。

他悉心指导她，她的成绩又回报给他更大的惊喜。就连"多慈"这个名字，也是他取的，她本名叫孙韵君。

一如十多年前，他将棠珍改为"碧微"。

岁月的柔情与冷酷，仿若硬币的两面。一段感情的盛开与萎谢，往往只是两个名字之间的距离。

他陷入感情的挣扎，写信给蒋碧微："你再不回来的话，我就要爱上别人了。"哪个妻子看到这句话，不是锥心刺骨的痛？十九岁的私奔月夜，被他遗忘，倒为一个女学生去画《台城月夜图》。用最好的青春陪他吃苦，现在，他为另一个青春的人纠结烦恼、伤春悲秋。

与其说伤心，不如说愤怒。锋利如蒋碧微，胸口含着一股恶气，展开了暴风骤雨般的席卷行动。

受伤的她，如歃血女侠，高调张帜。她制造舆论，让孙多慈留学名额泡汤；她毁坏画作，插一把匕首在教室的黑板；她拔掉孙多慈给新公馆送来的枫树苗，吩咐用人通通当柴烧掉。

她的咄咄逼人，伤害了对方也伤害了自己。徐悲鸿愤然将公馆命名为"危巢"，避走广西。夫妻之间彻底失和，陷入冷战。

曾经有多爱，就会有多恨吗？

可再恨，谁也不舍得一下子抹去相伴了十多年的爱人。冷静之后，他们尝试修复感情，远赴欧洲旅居两年。看得出，他们在挣扎，在挽救，希望泅渡婚姻的风暴。可惜他们之间的风暴，由来已久,不是偶然。国外两年,这对中年夫妻仍是争吵摩擦不断。他们隐隐明白,有什么东西已经碎裂,无法弥补。

婚姻中的关系,处理得好,是一场修炼;处理得不好,则是漫长的积怨。

爱情最开始都是美的,对方的一举一动,都在新鲜的体验中,自带光晕效果。可惜岁月无情,朦胧之雾终将散去。当生活的阳光直照,对方的缺点、弱点、槽点,一览无余。你失望,你厌倦,你无法忍受,可是你知道吗,在对方的眼里,你可能也是一样。

这就是爱情和婚姻的真相,激情过后,全靠相处。

后来,蒋碧微接受了张道藩。他一直以最大的力量,给予她爱意与体贴。有一次他送她登船,徘徊不愿离去,最后船开了,船家只好另用一只小驳船,把他送上岸去。

女人,可以同时是一个人难言的苦涩,也是另一个人手心的珍珠。

另一边,徐悲鸿与孙多慈的恋情,却走到了尽头。

1938年,为打消孙多慈家人的顾虑,徐悲鸿在《广西日报》登出一则声明,称"徐悲鸿与蒋碧微女士因意志不合,断绝同居关系。此后徐悲鸿一切,与蒋女士毫不相涉"。

二十年夫妻一场,换得"同居"二字。这一则冷冰冰的声明,给了蒋碧微沉重的一击。如果用武侠剧的表现手法,她从此成为徐悲鸿的白发魔女或李莫愁。她说:"受辱以后,也就留下了永远无法消弭的憎恨。"这也直接埋下了离婚大战时,她变身喜宝的伏笔。

她去见孙多慈的父亲,以她的手腕,分分钟搞定本身就顾虑重重的孙家人，孙父强烈反对女儿嫁给徐悲鸿。1939年，孙家远迁丽水，孙多慈嫁给许绍棣，后来随夫去了台湾。离开前，她画了一幅红梅图，徐悲鸿补画了一只没有开口的喜鹊。

八年苦恋，于此两讫。

徐悲鸿远赴新加坡与印度，举办画展奔走筹款，将卖画所得十万美金全部捐于抗战。他一去三年，与蒋碧微形如陌路。

1942年回国之后，徐悲鸿一度希望与蒋碧微重归于好。蒋碧微冷若冰霜地说："早已化为灰烬的感情，是不可能重炽的。"

也许，他仍记挂着上海的私奔月夜，巴黎的温暖相拥。但他可能从未真正了解过蒋碧微——她的激烈、自尊与决绝。

她此时的心里，已全部是张道藩。浓情蜜意中，他们成为彼此的"宗荫室"和"思雪楼"。她所有的缺点，都毫不顾忌地展现给了徐悲鸿，对张道藩，却一直聪明得体，温柔大度。

同一个人，把错的一面给你，把对的一面给他。

1945年，他们正式签字离婚。她要钱的做派，至今被人或褒或贬。她索取现款一百万元，古画四十幅，徐悲鸿作品一百幅，他每月收入的一半，要交给她作为子女抚养费。之后，她又点名要任伯年的《九老图》，说："之前二十万花完了，再付一百万和一百幅画。"

这盛气凌人，连律师都对徐悲鸿说："你们本没有法律上的夫妻关系，可不用再理会。"

但徐悲鸿做不到"不理会"，他什么都没说，全部答应了她。

就如濒临死亡的人，格外怀念生之美好。一段感情收场时，再不堪，你也会想起曾经有过多么难得的美好。

签字那天，徐悲鸿特意带来在巴黎画的《琴课》，送给了蒋碧微。

他知道，她最喜欢这幅画。

画里，年轻的蒋碧微侧影温柔，正在练习小提琴。悠扬的乐曲，似乎从窄小阴暗的房间飘了出来。他的心里，应该永远有一盆初开的海棠花。直到生命的最后，他还一直戴着当初在巴黎时，蒋碧微买给他的那块怀表。

这段感情，究竟从哪里开始出错呢？

也许并没有非黑即白的分界线，他们之间，只是横亘着灰蒙蒙的岁月。婚姻的过程，从来不美不轻松，它也需要在成长的过程中，去学习，去修正。我们总要失去些什么，才会承认这一点。

所以也就可以理解廖静文与蒋碧微，为什么在各自的书中，诸多人物，不同面貌。因为，她们都只是在自己的一段岁月里，与徐悲鸿比肩行走过。

走着走着，他会丢掉年轻时的偏执、自我与激情。

走着走着，他会只剩下暮年的平和、圆熟与萧索。

1945年，二十二岁的廖静文与大她二十八岁的徐悲鸿成婚，陪伴了他人生的最后七年。她撰写的《徐悲鸿的一生》，细腻多情，有非常明显的仰视角度，因为丈夫就是她心中至高无上的偶像。

十九岁时，她去应聘图书馆馆员，初见徐悲鸿。他问她为什么想去重庆，她说："我想去上大学。"

徐悲鸿夸赞她："非常好，人要有大志向。"

也许在那一刻，他想到了不顾一切、勇敢奔向他的蒋碧微；或者才华横溢、不可多得的孙多慈？也许在那一刻，他只是累了、倦了、老了，需要被其他人照顾和爱护了。

他曾赠给廖静文一首小诗："灯灰已入夜，无计细相思。魂已随君去，追随弗不离。"

经历了青春时横刀跃马、傲骨铮铮的碧微恋；中年时意境高远、才情兼具的慈悲恋，暮年的他，已是灯灰入夜，无计相思，现在，他只需要世俗的安稳。廖静文，一个名字，已是他暮年心态的全部写照。

他每次开会回家，都会带三颗糖，两颗给孩子，一颗给她。这种儿女情长的体贴，是那个在巴黎大雪中，观摩画展到肠胃痉挛的小伙子所不能理解的吧。

然而，不着急，岁月会改变一切。

唯一不变的，是廖静文在他的油画中，也如蒋碧微一般，穿着一件蓝紫的棉袍，颜色耀眼而灿烂。

碧微、多慈、静文，念起来，仿若一条时间的长河。每一段路程，都是不一样的风景。

蒋碧微后来移居台湾，晚年写作《我与悲鸿》《我与道藩》，被《皇冠》杂志誉为中国第一部女性自传；孙多慈画艺精进，颇有成就，一直担任台湾师范大学艺术系教授；廖静文捐献他所有的画作，致力于传播他的美术事业，写作《徐悲鸿的一生》。

很有趣，这两本书里，有许多不同甚至相反的说法。岁月之河，罗生门一样的故事和人物，在里面隐约沉浮，争论不休。

人人都喜欢说，我是对的，你是错的。其实，答案只是戴上了时间的面具而已。它会变化，正如你会成长。

学会爱：

评出个谁对谁错，是人类的天然爱好。连小时候看电视，我们也总是指着里面的人物，大声嚷嚷："他是好人，还是坏人啊。"

可是，生活不是晚八点的电视剧，剧情和人物都被写好。王子和公主、王贵和安娜、猫爸和虎妈，最后手拉着手，一直幸福下去。

如果生活这样简单，那我们肯定是上了发条，在八音盒中跳舞的小人儿。

真正的生活，少有一拍即合，多是一言难尽；不是泾渭分明，而是喜忧参半。每一种婚姻，每一段感情，每一个人，都有他人无法参与和明了的地方。

那么，不必执念于过多的解释与剖白，也不要陷入对他人轻易评判的倨傲。因为，感情不是电视剧，生活不是朋友圈，我们也不是音乐盒里的人偶，在固定好的轨道里，一圈圈面无表情地旋转。唯有岁月，改变一切。

梁思成 / 民国璧人的另一面

1928年的一个雪夜，沈阳。

寒冷的月光下，一群土匪的马队从北部牧区飞驰而下，途经一处民宅。梁思成和林徽因，这对刚刚回国的新婚伉俪，站在窗边屏住呼吸。

紧张之余，林徽因低呼："快看那人的红斗篷，挺罗曼蒂克啊。"梁思成忍不住笑，对她做了个噤声的手势。

两个刚从宾夕法尼亚大学、哈佛大学完成学业的年轻人，正在东北大学筹组建筑系，虽时局不稳，气候恶劣，他们却满怀希望和快乐。第二年夏天，女儿出生。他们为新生命取名梁再冰，名字取意于父亲梁启超的书房"饮冰室"。女儿的到来，让他们沉浸在幸福之中。这对著名的民国璧人还不知道，这仅仅是他们动荡生活的开始。

第一次见面时，他十七岁，她十四岁。

那时，梁思成是清华学校的活跃少年。他擅长绘画，喜爱音乐，担任《清华年报》美术编辑，是学校管弦乐队的队长。他还获得过校运动会的跳高冠军，与人合译的《世界史纲》，也由商务印书馆出版。妹妹梁思庄，自豪地称哥哥是一个全能的"handsome boy"。

与父亲梁启超一起去拜访景山后街雪池林家时，他认识了林长民的女儿林徽因。他回忆第一次见到她的情形："梳两条小辫，双眸清亮有神采，翩然转身告辞时，飘逸如一个小仙子。"

豆蔻年华的小仙子和"handsome boy"，很快成为朋友。

优秀的家庭教育理念，往往是孩子一生成就的起点。在这一点上，林长民与梁启超，可谓旗鼓相当，各有千秋。

1920年，林长民带上十六岁的林徽因赴欧考察。他说，带上女儿有三个目的："增长见识，扩大眼界，养成她将来改良社会的见解与能力。"长达一年半的游学，林徽因眼界大开。在这期间，她首次接触到建筑学并被深深吸引，她决定以建筑作为学业方向。

这个决定，直接影响了梁思成。

梁思成说："我去拜访刚从英国回来的林徽因，在交谈中，她谈到以后要学建筑。我当时连建筑是什么都不知道，徽因告诉我，那是包括艺术和工程技术为一体的一门学科。因为我喜爱绘画，所以我也选择了建筑这个专业。"

就这样，"handsome boy"在后来成为著名的建筑历史学家、建筑师，以及中央研究院院士。这一切的起点，不过源于年少时的倾慕和懵懂的启发。

林徽因游学归来后，两人正式恋爱了。他们一起去清华学堂观看音乐演出，一起逛太庙，还一起去北海公园的松坡图书馆。

一个有趣的事情是，林徽因在伦敦邂逅的徐志摩，这时也追随她回到了国内。他也经常来图书馆，借口是找自己的老师梁启超。因为他来得太过频繁，两个小情侣在门外贴了张纸条，上书"情人不愿被干扰"。

父辈也开始促成他们的婚事，1923年，林长民给梁思成写了封风趣的信："徽命令我详细写信给你，这爸爸真是书记翩翩也，比你的爸爸如何？"

显然，梁林两家的开明家风和文化构成极为相似，连两位父亲的画风都一模一样。梁思成和林徽因，一开始就有更接近的人生观，更熟悉的心理认同。对于徐志摩的热烈追求，林徽因多年后曾对子女说："徐志摩当初爱的并不是真正的我，而是他用诗人的浪漫情绪想象出来的林徽因，而事实上，我并不是那样的人。"

1924年夏，林徽因与梁思成共同赴美，学习建筑。

在宾夕法尼亚大学建筑系，梁思成仅用三年时间就拿到硕士学位，将学时缩短了一半。紧接着，他进入哈佛大学，攻读建筑史博士学位。

1927年，他们在温哥华中国领事馆结婚。林徽因穿着自己设计的婚纱，两个年轻人，眉眼间还未褪尽少年的青涩。

回国后，他们先是任职东北大学。1931年，由于不满校长张学良的军阀作风，梁思成辞去教职回到北平，和林徽因一起加入"中国营造学社"。

当时的中国，风雨飘零。当一个国家不够强大时，甚至连文化也会受到威胁。那时，已有日本学者要求介入中国古建筑的调查工作。来自日本的伊东忠说："完成如此大事业，其为支那国民之责任义务，固不待言，而吾日本人亦觉有参加之义务。"

这句话，无论是学者之心，还是别有用心，都深深地刺痛了梁思成。

在美国，他早就有着手写作中国建筑史的计划，现在更是感觉刻不容缓。他与林徽因，还有营造学社的其他同事一起，开始了中国学者独立的古建筑调研工作。

这项工作漫长而艰辛，在云冈考察石窟时，白天烈日直射，晚上气温剧降。他们在荒郊野外住了三天，吃煮土豆和玉米糊，而这几乎是他们每一次实地考察的常态。

几年下来，他们测绘和拍摄了上千件古建筑遗物，包括应县木塔、广济寺、华严寺、安济桥等，其文化保护意义不可估量。

林徽因曾对朋友开玩笑说："晒得好黑，这下演印度公主不用化妆了。"

她留在北平时，梁思成就给她写信："工作繁重，但一切吃住都还舒适，住处离塔亦不远，请你放心。想北平正是秋高气爽的时候。非常想家！"

事实上，他们所从事的，无疑是"高危"的工种，在当时完全没有什么专业的保护措施。同事们回忆，遇到危险的地方，梁思成总是第一个上去。让大家吃惊的是，看起来外表娇俏，弱不禁风的林徽因，凡是男子能爬上去的地方，她就准能上得去。

这位在1926年被美国《蒙大拿报》采访的"中国新少女"，有着她自己的抱负和追求。

她的字典里，从不存在娇嗔、发嗲、柔弱这种极致的女性特质。她爱好的，是智识、思维、审美上的交锋和完善，甚至包括"胆识和体力"——所以她在野外考察时，也无比专业。

她精力十足，兴致盎然，完全是充满活力的新女性。在如今的情感八卦铺天盖地地谈论她时，真正的她，或者说她真正感兴趣的地方，根本就不在这些画面和话题里。

很多照片，可以看到他们工作的情形。有一张，她与梁思成靠在房顶，两人都很疲惫，但笑容灿烂。伉俪情深的瞬间光影，胜过千言万语。

和之后的战火纷飞相比，这段野外考察的日子，堪称幸福。

1937年，抗日战争全面爆发。有一天，梁思成收到一张署名"东亚共荣协会"的请柬，邀他参加一个由日本人召开的会议。第二天，他们带上家人和资料，从北平逃往后方。

这是一次无比艰难的旅程，从长沙到昆明，再到四川李庄，每一次跋涉都堪称苦难。他们在长沙遭遇轰炸，有三枚炸弹就落在院子里，一家人侥幸死里逃生。

生存环境和身体健康，也一天天恶化。

美国总统顾问、汉学家费正清后来回忆与梁林二人的友谊，说："战后我们曾经在中国的西南重逢，他们都已经成了半残的病人，却仍在不顾一切地、在极端艰苦的条件下致力于学术。"

他们的确算是残疾人了，在恶劣的医疗条件下，梁思成背部神经严重损坏，牙齿全部拔掉。林徽因肺结核复发，常常连续几周高烧不退。

这样的日子，持续近九年。

两人患难与共，彼此扶持。昆明时期，林徽因每天翻四个山坡去上课，以补贴家用。看到一卷皮尺，她毫不犹豫花半个月的薪水买下，因为她知道梁思成会很高兴。

在四川李庄，林徽因健康每况愈下。女儿梁再冰回忆："母亲不发烧时大量读书做笔记，协助父亲做写《中国建筑史》的准备。她睡的小小行军帆布床周围，堆满了中外文书籍。"

小儿子梁从诫有一次问妈妈："如果日本人打到这里来，怎么办？"

林徽因淡淡地回答："中国读书人总还有一条后路，我们家门口不就是扬子江嘛。"

清华教授朱自煊说："讲林先生是才女，是美女，都是外表，最难得的是她的高贵品质。一生都处在逆境中，但从不发牢骚，依然在积极为建筑事业做贡献。"

身处逆境的她，当然不是"从不发牢骚"。在李庄，她用发黄发脆的纸，给费正清的夫人费慰梅写信："我的体重一直在减，作为补偿，我的脾气一直在长。"

这世界，哪有什么完美！身陷战争与病痛，他们和普通人一样，有痛苦，有烦恼，有恐惧。

但他们又不仅仅是普通人，战争期间，美国一些大学和博物馆对他们发出邀请，很多朋友劝他们去治病，他们拒绝了，"国家正在灾难中，假使必须死在刺刀或炸弹下，也要死在祖国的土地上。"——这是一个非常沉重的选择，几乎是以生命作为代价。这样的经历和品质，仅仅一声"才女""美女"，确实太过单薄。

梁思成对妻子的爱，也到了极致。费慰梅说，林徽因就像一团带电的云，挟裹着空气中的电流，放射着耀眼的火花，这是她性格中的特征。没有这些，林徽因是不真实的。

最了解林徽因的，当然是梁思成。战争前闻名北平文化圈的"太太的客厅"，是风尚之一。梁思成曾对李道增说："不要轻视聊天。过去金岳霖等很多人是我们家的座上客，海阔天空地神聊，可以学到不少思想，养成一种较全面的文化气质。"

战争中，为了照顾林徽因，他在繁忙的工作之余学会了注射、配制药剂，也学会了蒸馒头，煮菜，用橘子皮做果酱。其间，林徽因的三弟在空战中牺牲，他隐瞒消息，独自去重庆处理后事。

1946年，梁思成在战时写就的全英文著作《图像中国建筑史》出版，他在序言里深情地写道：

"我要感谢我的妻子、同事和同学林徽因，二十多年来为我们的共同信念所做的不懈努力。她曾为我的建筑学作业呕心沥血（我也同样对她），在我大多数的野外考察中都有她的陪伴。她做出过重大发现，测量和绘制了数量可观的建筑。没有她的合作和鼓励，这本书或者其他任何我对中国建筑所做的研究工作，都是不可能完成的。"

爱意与尊重，力透纸背。

九年后，他们回到北平。离开时，他们年轻健康充满信心；现在，他们苍老，满身病痛，青春不再。

但没有时间发出多余的感慨，两个人又立刻投入新工作。他们一起参与了共和国的国徽设计，一起筹建清华大学建筑系。

旨在保留旧北京城的"梁陈方案"被否之后，大面积的古建筑被拆除。梁思成奔走呼号，保住了北海团城等遗址，他和林徽因伤心且愤怒地说："不要再拆了，五十年后你们要后悔的。"

如今听来，这句话就像是一个被不幸言中且痛心疾首的预言。

抹去岁月的灰尘，这才是他们更值得记取的经历。他们徜徉在欧洲的艺术世界，也跋涉在贫瘠的郊野乡间；他们是博学多识的沙龙主人，也是战乱李庄的贫贱夫妻；他们的爱，能浪漫如在云端，也平凡可履泥泞。

他亲手给她做了个铜镜，刻上"林徽因自鉴之用"；

她灵感迸发时的建筑草图，他细心为她描绘补充完整；

她不满意他给自己拍摄的照片，指着建筑很大人很小的照片说："建筑师，你在拿我作标尺啊。"

然后她又巧手慧心，把他的论文和著作，点染成艺术般的杰作。

梁思成说："我文章中的眼睛，大半是徽因给点上去的。"

在朋友们的眼中，林徽因常常是梁思成灵感的源泉。幽默宽厚的梁思成，则是林徽因最好的镇静剂，让她专注于行动。费慰梅说："他们的组合无可替代。"

1955年4月1日，一直与病痛作战的林徽因没能挺过这一天，在北京同仁医院病逝。她被葬于八宝山革命公墓，梁思成亲自设计了墓体，在长方形汉白玉碑座上，镌刻着"建筑师林徽因"。

如两块玉玦，他们永远分开了。

很多人说，早逝是她的幸运，她避开了之后的荒谬岁月。在她去世七年之后，梁思成续娶林洙，晚年的他也需要陪伴与照顾。随后，政治阴云终于变成狂风暴雨，梁思成受到激烈批判。林洙回忆，有一次，林徽因的手稿被人找出来并破坏，从未流泪的梁思成痛哭不已。

他没能等到最后的光明，1972年1月9日，梁思成在"文革"中病逝。他的骨灰后来也被安放进八宝山，与林徽因继续相伴。

这就是他们的故事，穿越衣香鬓影和飞短流长，是这对璧人质地更坚硬的一面。

他们在西班牙的暮色中，牵手参观阿尔罕布拉宫，被美震撼；

他们在山西的五台山，发现唐代建筑佛光寺，如获至宝；

他们在四川的李庄，在如豆的煤油灯下，撰写中国建筑史。

所有这些场景，每一次不经意的相视而笑，都是故事里最美的瞬间。

学会爱：

娱乐至上的年代，所有人都可能被尽情消费。人人都知道林徽因是徐志摩的苦恋，是金岳霖的女神，是闪耀在"太太的客厅"里的女主人。她和梁思成更大的光彩，反而被花絮笼罩到模糊不清。

拂开这些粘连的花絮，我们抵达了故事的另一面。

是的，爱情或硬币，一个人或一片叶子，都有两面甚至多面。我们看过去的角度，没有绝对的对错之分，却关乎眼界的高低、价值的大小、格局的或宽或窄。

在我们接收到的数不清的信息里，希望我们能认识到：关注一个人为什么值得被尊重，被铭记，远比那些捕风捉影的窃窃私语，更有价值。

一个人的成就，远比花边有重量；才学，远比绯闻有意义；经历，远比结局更动人。

金岳霖 / 朋克范儿哲学家

结婚之后，爱上别人怎么办？

此类问题，从古至今生生不息，够心理学专家和婚恋专家专注回答一万年。

最精彩的回答，我觉得来自于为了林徽因终身未娶的金岳霖。当然，这个回答更像是一种大师级别的行为艺术，里面的三个主角，均是伯牙、子期般的人物。

经典美剧《老友记》讲述六个好朋友之间的故事。钱德勒和莫妮卡结婚了，买了新房子。他们共同的好朋友乔伊，一个天真善良的大男孩，觉得很伤心。钱德勒和莫妮卡对他说："你该不会以为我们没给你预留房间吧。"

《老友记》的影迷都说，这是剧里最令人感动的桥段之一。

这个桥段特别像梁思成、林徽因与金岳霖这三位好友。金岳霖一生中大部分时间都与梁林夫妇比邻而居。人们都说，大哲学家为了林徽因终身未娶，他被誉为"中国哲学界第一人"，也堪称"痴情男二号第一人"。

但继续读他的故事，你会发现，与其说他是一个痴情男二，不如说他是一个自由自在、丰富多彩的朋克艺术家。而且他的爱情故事，也不止林徽因这一段呢。

金岳霖一生都生活在朋友们之中，他的朋友很多，大家都叫他"老金"。在朋友眼里，他是一个率性风趣的人。左手哲学，右手朋友，他拿着自己最喜欢的一手好牌，开心地走在人生的路上。

走在路上的金岳霖，应该非常引人注目。

他个头很高，一米八以上。十多年海外留学经历，加上个人气质和穿衣风格，整个人透着股"硬汉＋嬉皮"的感觉。他常年穿西装，皮鞋擦得锃亮。如果夏天穿短裤，则必须配长筒袜——因为这才是绅士做派。但有时，他又会在西装外面套个中式长袍，戴顶大棉帽，完全不按常理出牌。

他很幽默，北大有一次邀请艾思奇演讲，专门批判形式逻辑。等艾思奇讲完，金岳霖来一句："刚才艾先生讲得非常棒，完全符合形式逻辑。"

他天真，童心未泯，告诉别人"斗蛐蛐这游戏，涉及高度的技术、艺术和科学"。他到处搜罗大石榴、大梨，然后拿去与同事的孩子们比大小，玩得乐此不疲。他还有超凡的鉴赏力，诗词京剧山水画，皆他所爱。

这个喜欢斗蛐蛐、斗水果的人，先后就读于宾夕法尼亚大学、哥伦比亚大学，获得政治学博士学位。他建立了自己独特的哲学体系，与冯友兰一起创办了清华大学哲学系。

是的，他博学有趣，又特立独行。当我们由衷感慨"原来你是这样的金岳霖"时，就会理解他为什么会对林徽因情有独钟。

民国男二排行榜中，他可能是最了解女主的一位。林徽因曾说，徐志摩爱的是一个"想象中的她"，但金岳霖显然不是。

在给费正清的信中，金岳霖曾这样形容林徽因："她激情无限，创造力无限，她的诗意（不仅仅是她能写诗歌），她敏锐的感受力和鉴赏力，总之，人所渴求的，她应有尽有，除却学究气。"

不仅了解林徽因，他甚至连带梁思成，也一块儿了解了。

他曾以理性的观点，论证梁林二人是天生的一对，他说："比较起来，林徽因思想活跃，主意多，但构思画图，梁思成是高手，他画线，不看尺度，一分一毫不差，林徽因没那本事。他们俩的结合，结合得好，这也是不容易的啊！"

这种豁达与坦诚，与陷入爱情的普通人相比，已是境界不同。

而在这个流传已久的故事里，三个人接下来各自表现出来的行为风度，堪称解决"感情纠葛"的导师级行为指导手册。

也许是朋友之间的欣赏，进出了一点小火花，一场感情的微澜发生了。一般的女子，会在丈夫面前选择沉默，可直率的林徽因，觉得瞒着梁思成是对他的不尊重，她不想丈夫被蒙在鼓里——哪怕，这只是心理层面上的矛盾和波动。于是她对梁思成坦白说："我可能爱上了两个人，该怎么办？"

梁思成的第一感觉，是"一股深刻的痛苦抓住了自己"，然后是"感激妻子的信任和坦诚"，接着，他反复衡量的问题，竟然是林徽因和谁在一起会更加幸福。

他把自己和金岳霖来回比较，最后对林徽因说："你是自由的，如果你选择老金，我祝你们幸福。"

金岳霖得知后，深受感动，对林徽因说："看来梁思成是真的爱你，我不能去伤害一个真正爱你的人，我选择退出。"

这一气呵成的起承转合，真是在无数哭泣和打闹的戏码中的一股清流。

三个人，都有着令人惊讶的理性和坦诚。但我觉得更重要的品质是他们的善良。他们的每一个想法，每一个决定，出发点都是为自己爱的人着想。很幸运，三个人正好都拥有强大的人格力量，否则任何一个环节出点纰漏，就会沦为一出闹剧。

他们展现出了人在面对感情困扰时所能达到的最优雅、最理性的修养与风范。特定的时空经纬造就了不凡的心灵格局，那是大多数人都无法企及、甚至无法理解的质地。

从此，感情回归内心，烦恼春风化雨。金岳霖成为梁林夫妇最信任的朋友。1932年至1937年，他们一直住在北京总布胡同。两家独门独院，梁林住前院，金岳霖住后院。每到周末，各领域的顶尖学者和年轻人聚集在这里，这里成为当时北平城最知名的文化沙龙之一。"太太的客厅"，其实是一个顶级的智力激荡现场。

全面抗战爆发之后，他们分开。金岳霖任教于昆明的西南联大，梁思成与林徽因跟随营造学社，落脚四川李庄。每个寒暑假，金岳霖都会在李庄度过。他在那里给大家讲清华大学校长梅贻琦的太太做"定胜糕"去售卖的故事。林徽因说："梅太太我记得，很雅致的一个女子。"

偏僻的李庄是费正清笔下"原始的中国西部农村"，当时避居了大量学者。金岳霖时不时的造访搭起了一座西南联大和李庄人的桥梁。艰苦的岁月中，大家乐观生存，友谊尤为可贵。

一个有趣的细节是，梁思成和同事们搭建营造学社的宿舍时，还特意给金岳霖准备了一个小小的耳房。这不由得让人想到《老友记》里面的钱德勒和莫妮卡，两人看中一栋房子，开玩笑说可以在外面的车库上,给乔伊搭一个小房子住。人生中最可贵的,莫过于难得的友情,它带来支持和力量,带来温暖和欢笑。

一直到晚年,九十多岁的金岳霖聊起这些往事,还无比感慨。

他说,在北平时,梁思成与林徽因偶有拌嘴,会请他来仲裁。因为夫妻二人一致认为,哲学家有着更准确公正的判断力。

有一天,他正在房间看书,突然听到外面有人叫他。出门一看,两个人笑嘻嘻地站在房顶上,他们正在为野外考察做一些攀缘训练。金岳霖有感此景,给他们送了一副对联:"梁上君子,林下美人。"

这是一副很有趣的对联,巧妙融合了他们的姓氏。梁思成听了很开心,说:"我就是要做梁上君子啊,否则怎么打开研究路径?"林徽因则说:"什么美人不美人的,好像女人没事做,只能做摆设似的。"

金岳霖回忆到这里,摇摇头说:"林徽因这个人,了不起啊,有时候我不知道她在想些什么。"女人让人沉吟一生的,不是一览无余的美貌,而是始终让人有出人意表的惊讶和意犹未尽的好奇吧。

1955年,林徽因去世。金岳霖的挽联写道:一身诗意千寻瀑,万古人间四月天。

这份诗意的缅怀,伴随了金岳霖的一生。他请朋友们到北京饭店吃饭,吃到一半举杯说:"今天是林徽因的生日。"他九十岁时接受记者采访,仍记得林徽因写的一句诗。记者带来一张林徽因的照片,他竟然像孩子般流泪求情,让人家把照片留给他。

老来多健忘，唯不忘相思。

1983年，林徽因的诗文集筹备出版，大家请他在序言里写点什么。老人思考良久，最后一字一顿，异常清晰地说："我所有的话，都应该同她自己说。我没有机会同她自己说的话，我不愿意说，也不愿意有这种话。"

半个多世纪的珍贵情感，藏在心底。对心爱的人，我们每个人都有好多话想说吧。如果在世事交错中，最终没能说出这些话，那么，沉默就是它馈赠的最好礼物。

哲学家对生命有着更透彻的认知，一辈子独身的金岳霖，并不是被困于感情无法走出。他只是在每一个生命阶段，自由地服从自我，同时以高度的理性去驾驭。

除却对林徽因的痴情，他还经历过一次跨国恋，一次黄昏恋。

年轻时的跨国恋，本质上是一种"异国试婚体验"。这在当时大胆又出位，而他却安之若素。

那是1925年，他刚刚结束长期的留学生活回到中国。一起回来的，还有他的美国女朋友，中文名叫秦丽莲。丽莲小姐对结婚并不积极，对中国的家庭生活却十分感兴趣。她决定，要去中国实地探险一番。

于是和金岳霖双双住进北京城。

徐志摩给梁实秋的信中，曾生动记述了这对异国"朋克"搬家的情形。金岳霖一头乱发，穿一件褴褛的洋装，美国女朋友正相反，穿一件杏黄花缎的羊皮袍。这样一对中西合璧、古怪非常的年轻人，在凌晨的街头跟着一头大骡子，骡子驮着他们全部的家当。

两人安顿下来之后，有一天，赵元任接到金岳霖的电话，说是有急事要借用他的妇产科专家太太杨步伟。夫妻俩第一反应,是丽莲小姐怀孕了。谁知到了金岳霖家一看,原来是他养的一只鸡"难产",一枚鸡蛋总也落不下来。杨步伟哭笑不得,一伸手把鸡蛋掏了出来,金岳霖在一旁赞叹不已。

然后,就没有然后了。

两个异国朋克和平分手,探险结束。

这段恋爱,听起来轻松愉悦还加点滑稽,和之后的林徽因故事相比,简直是两个画风。但不知为什么,所有的细节和金岳霖的性情都十分契合。观众会点点头说,嗯,这就是他。

因为他自始至终,就是一个天真自在、我行我素,又多了些理性和沉稳的朋克。

朋克在暮年时,遇到了最后一次心动。

50年代末期,金岳霖在一次民盟组织的学习中,认识了知名记者浦熙修。浦熙修曾是《新民报》采访部的主任,两人经常讨论问题。聊着聊着,便聊出了一段黄昏版的同桌的你。

两人几乎都要准备结婚了,遗憾的是,不久浦熙修被查出患有癌症,很快卧床不起,金岳霖也生病住进了医院。这抹夕照,在他们的生命中留下最后的绚丽,却未能有所结果。

也许姻缘本身,更多的是命运的安排和交错。哲学家金岳霖倒时常鼓励他的弟子们,他说:"谁先结婚,我就给谁奖励。"

他有一个得意门生,遭遇婚恋打击,一时想不开意图自杀。金岳霖苦口婆心地劝导他,说:"恋爱是一个过程。恋爱的结局,结婚或不结婚,只是恋爱全过程的一个阶段。因此,恋爱的幸福与否，应从恋爱的全过程来看，而不应仅仅从恋爱的结局来衡量。"

这段话，也是他对自己此生感情的总结吧。幸与不幸，从来不是一个结局可做定论的。在茫茫人海中，能遇到你，能倾听你，能看到你眼中的光芒如夜空中的星，能想到你心中就充满喜悦，这种感觉，已是最美最难得。

人生中，又能有几次，遇到这种爱的感觉呢？

爱上对方的那一刻，就已经是爱情这件事最好的结局。

学会爱：

结婚这个词，奇怪地蕴含着某种终止的意味。似乎两个人，从此住进了俄罗斯套娃般的盒子里，无论生活怎样进行，一层一层揭开，全部都是你。

怎么可能呢？

结婚不代表生活静止了，没有新的事情发生了，没有新的人物出现了。相反，你永远不知道下一个街角会发生什么。

所以，婚姻之中我们还是会遇见情感的波澜与波折。我们无法轻易评判一段感情，但对它的处理方式，有高下之分，明暗之别。善良、理性、正直、忠诚，是成年人面对感情问题时应该肩负的责任。

最重要的是要仔细考虑：你是否具备足够强大的心态和能力，去承担选择带来的一切结果。

梁启超 / 十分克制，十二分热烈

梁启超给他的九个子女写信，说："你们须知你爹爹是最富于情感的人，对于你们的爱情，十二分热烈。"

这是八十多年前，一位中国父亲对孩子爱的宣言。哪怕到了现在，仍然有很多父亲说不出，做不到。这位中国近代的思想大家，被戏称为"最牛爸爸"。在他的精心培育下，梁家"一门三院士，九子皆才俊"，成为文化界的传奇家庭。

正如他信中所说，他将十二分的热烈，毫无保留地呈现给了子女。但"最富于情感"的他，也经历过一次感情上最大的克制。

1899年，二十八岁的梁启超到达美国檀香山。当时，他已是维新运动的领袖级人物，青年才俊，意气风发。

在那里，他遇到了二十岁的富商之女何蕙珍。

梁启超在中国近代史上，是一位百科全书式的人物。他与老师康有为一起发动"公车上书"，揭开了维新运动的序幕。他一生都在思考和寻找中国的现代化之路，他的《少年中国说》，现在读来仍让人热血沸腾，他为书房取名"饮冰室"——十年饮冰，难凉热血。

这腔热血，他用在一生三十六年的政治活动与1400万字的各类著述里。在历史的投影中，他是一位赤诚疾呼的思想家和启蒙者。作为丈夫和父亲，他的形象则充满更多鲜活的细节，这里面有家常的温暖，有真实的矛盾。在檀香山遇见的何蕙珍，就是他经历的一次艰难挣扎。

何蕙珍一直担任檀香山期间梁启超的英文翻译。她聪明大方，对他钦佩且爱慕。早在遇见梁启超之前，何蕙珍就在当地报纸用英语匿名撰文，回击反对言论。

梁启超对她毫不动心，是不可能的。

可惜"恨不相逢未娶时"，梁启超早在十九岁时已娶李蕙仙为妻。在民众心目中，他是一个弘扬新思想的"大写人物"。为了推动纳妾制的废弃，他与谭嗣同创立了一个俱乐部，取名"一夫一妻世界会"，意在以身作则。很显然，他无法回应何蕙珍的爱情，不能给她任何许诺。

临别时，何蕙珍索取了一张他的照片，回赠了两把亲手刺绣的精美小扇。面对这一片似水柔情，梁启超心起波澜。他说："余归寓后，愈益思念蕙珍，由敬重之心，生出爱恋之念来，几乎不能自持。酒阑人散，终夕不能成寐，心头小鹿，忽上忽下，自顾二十八年，未有此可笑之事者。"

这不能自持的可笑之事，只需一念之间，就可变成近在咫尺的红颜爱人。已经有人，登门建议他再娶一位懂英文的女子，理由是帮助其事业发展。他当然知道，大家都觉得何蕙珍是难得的助手，更何况，自己已有"爱恋之念"。

在这关口，他是如何回答和选择的呢？

他的选择是：把这件事的来龙去脉，包括自己的心路历程，一股脑在信中，详细告诉了自己的夫人。

十七岁时，梁启超参加广东乡试，主考官礼部尚书李端棻爱才心切，将堂妹李蕙仙指配于他。

两年后，他们完婚。官宦之门的千金大小姐，与夫君一起回到广东乡村的寒素之家。大小姐毫无怨言，亲自挑水舂米做饭，得到所有人的称赞。对梁启超的事业，她也鼎力支持，她说："上至高堂，下至儿女，我一身任之。君为国死，毋反顾也。"梁启超称她为自己的"闺中良友"。

在后人的回忆中，李蕙仙性格严厉，不苟言笑。外孙女吴荔明曾这样描述外祖母："李蕙仙婆婆是个较严肃的人，性情有点乖戾，所以家里的人，都有点怕她。"

梁启超自然也是怕她的——这个怕，很复杂。感激、钦佩、敬重，兼而有之。

他把自己对何蕙珍的感情，坦白告诉了夫人。这就像是一次彻底的思想汇报，最后还带着一个坚定的结论：这份情，于他"万万有所不可"。

李夫人是镇定和聪明的，她不动声色，绵里藏针地回了一封信。

她说："你不是女子，大可不必从一而终，如果真的喜欢何蕙珍，我准备禀告父亲大人为你做主，成全你们；如真的像你来信中所说的不可，就把它放在一边，不要挂在心上，保重身体要紧。"

这一段话，说得有风度，有策略。第一，她知道梁启超极其孝顺，绝对不会惹父亲生气，梁父也不会允许他再娶，伤害已下嫁寒门的儿媳；第二，措辞尽显大度胸襟，既表现出对丈夫的信任和原谅，又暗示他要言而守信，说到做到。

果然，梁启超急切回信，让她千万不要告知老人，并再次表白心迹，表示对何蕙珍已一言决绝，以妹视之。"任公血性男子，岂真太上忘情者哉。其于蕙珍，亦发乎情，止乎礼义而已。"

尘埃落定，一锤定音，他斩断了心中的爱恋之念，拒绝了前来劝说他娶何蕙珍的人。

为纪念这段情，他为何蕙珍一共写了二十四首诗，有遗憾，有感怀，也有很多理由与说辞。其中一首是："一夫一妻世界会，我与浏阳实创之。尊重公权割私爱，须将身做后人师。"

这个拒绝的理由，实在是非常有高度。儿女情长，似乎必须让路。

如果没有后来的王桂荃，这个理由被他执行得很好。可是，1903年，王桂荃却成了梁启超的另一位妻子。

她是李蕙仙带过来的陪嫁丫鬟，一直深得梁氏夫妇的喜爱与信任。在一家人持续的颠沛流离中，她事无巨细，全力操持，肩负起家庭重担。在她怀上第一个孩子梁思永时，梁启超把她送到澳门待产，同时请妻弟斡旋说和。几经波折，李夫人最终接纳了他们。

面对梁启超此种做法，我们自然会有很大的疑惑。既然都是再娶，既然都是打破"公权誓言"，为什么他选择了王桂荃，而不是爱恋的何蕙珍呢？

理由很多很微妙，最大的一个，应该还是梁启超内心的社会理想。

何蕙珍是新派女子，如若和她在一起，他不会淹没她的才华。

如若和她出双入对，那么直接的结果，就是更高调地破坏了他希望推行的理念。是的，他不是完人，他有理想，也有无法超越的弱点。

其实，了解梁启超早逝的真相，也会进一步理解他的矛盾心理和行为。

1926年，五十三岁的梁启超被医院误诊，导致错误手术。社会舆论一片哗然，矛头直指西医。在身体严重受损的情况下，他公开发文，坚持为医院辩护。因为他认为当时的中国需要推广西医，他不希望自己的个案成为"中国医学前途进步之障碍"。

三年后，梁启超病重去世，年仅五十六岁。

不同的时代，有不同的社会智识和行为观念。作为一个启蒙者和思想家，他已堪称身先士卒。

当然，在娶王桂荃这件事上，也许没这么复杂，也许只是两个人在朝夕相处、患难与共中，彼此感情的水到渠成。

理想的自己和世俗的自己，达成和解。这一次，他没有阻止内心。王桂荃成为陪伴他一生的伴侣，也成为民国史上一位极其善良隐忍的母亲。

她一共生下了六个子女，对孩子们非常疼爱。梁启超的所有子女，对她的感情都很深厚，他们叫李蕙仙"妈"，叫王桂荃"娘"。

梁思成回忆小时候，有一次考得很差，生母李蕙仙气得用绑了铁丝的鸡毛掸子打他。王桂荃冲上去把他搂在怀里，之后，再用很温和、很朴素的话，告诉梁思成要好好读书。

她是传统坚韧的旧派女子，像无声的水流，润泽着整个家。对于和她的关系，梁启超一直很避讳，直到1924年，才在给好友的信中，首次以夫妻关系提到她。但梁启超是心存爱意的，他对长女梁思顺说："她是我们家庭极重要的人物，你不妨常常写些信给她，令她欢喜。"

她一生为家庭和子女不辞辛劳，1929年梁启超去世后，她独自一人撑起全家，直到1968年离世。1995年，由梁思达和梁思礼主持，梁家后人在梁启超和李蕙仙的墓地旁，为她新制石碑，并种下了一棵母亲树。青翠葱茏的枝叶，寄托着怀念和感激。

对于婚恋，梁启超克制而谨慎。对于子女，他的感情却如火山喷发一般，确实是十二分的热烈。

"少年强则国强，少年独立则国独立"，这是梁启超对一个国家的期望，他也把这些饱满的情感，全部用在了自己儿女的身上。他曾说："中国的现代化，要建立理性精神，要从个人自身出发，建立个人的人格。要通过教育来引导，确立国民的现代化人格。"

他的子女们，就像是这段话的一排优秀注释。

在他的教育下，每个孩子都各有所长。梁思顺，诗词研究专家；梁思忠，毕业于美国西点军校，参加过淞沪会战；梁思庄，图书馆学专家；梁思达，经济学家；梁思懿，社会活动家；梁思宁，曾投身新四军，在一线从事宣传工作。

代表最高学术称号的三院士，则分别是建筑学家梁思成，考古学家梁思永，火箭控制系统专家梁思礼。

作为父亲的梁启超，在任何时代都令人钦佩。他的教育理念和真情挚爱，是一个父亲真正的成功之处。

有人说，他是个另类父亲。的确另类，哪怕跟现在的爸爸们相比，他也异常醒目。首先，他是一个尽情表达爱，几乎到了肉麻程度的老顽童父亲。

他称呼长女思顺为"大宝贝"，叫最小的儿子梁思礼"老白鼻（baby）"，还给三女儿梁思懿起了个外号叫"司马懿"。

他一派天真："小宝贝庄庄，我想你得狠，所以我把这得意之作裱成这玲珑小巧的精美手卷寄给你。"

他开玩笑："老白鼻天天说要到美国去，你们谁领他，我便贴四分邮票寄去。"

他对大女儿思顺充满依恋，还会向她撒娇。他晚年重病，写信给她："我平常想你还自可，每到病发时便特别想得厉害，觉得像是若顺儿在旁边，我向她撒一撒娇，苦痛便减少许多。"

可如今的父母，除了"不准玩游戏""快点做作业""考了多少分"这些常用语，似乎再也不会抒发这些温馨与温情。九子皆才俊的父亲，是不是可以成为我们与孩子交流的表率？

另外，他要求子女品行正直。他说："你如果做不成一个人，智识却是越多越坏。"他尊重孩子，从不横加干涉，而是鼓励他们遵循内心的向往。梁思永学考古，梁思成学建筑，都是当时的冷门专业，他均大力支持。他曾建议思庄学生物，在得知女儿不喜欢时，立刻让女儿自己选择，不必泥定爹爹的话。

他大力赞美鼓励孩子。思庄有一次成绩不好，他安慰女儿："和那按级递升的洋孩子们竞争，能在三十七人中考到第十六，真亏你了。好乖乖不必着急，只需用相当努力便好了。"

两相对比，现在的父母名言则是"你看看人家的孩子"，几乎成了每个家庭的必备之语。

也许那些不说"人家的孩子",只说"好乖乖不必着急"的父母,最后就成了三院士之家长——当然,绝不是说孩子们都要成才成家,而是说,父母的心平气和与积极欣赏,能带给孩子一生的自信和快乐。

梁启超也是个行动上的好父亲。

流亡日本时,他亲自给梁思顺授课,还搭建了一个实验室,以培养女儿对自然科学的兴趣。梁思永学习考古,他联系名师,自费让儿子参加高质量的考古发掘工作,近距离学习。为了让梁思成了解西方建筑,在家境已不宽裕的情况下,他千方百计地筹集了五千美金,资助新婚的梁思成、林徽因取道欧洲回国,并为他们精心筹划路线。

现在的爸爸们,要他们为孩子搭个实验室,确实是难为了。但下班后和孩子踢踢足球,骑骑车,讲讲故事,是完全可以做到的。一个好父亲,其实就是能和孩子好好在一起玩耍。

梁启超还认为人生中最重要的一点,是拥有趣味。"我认为,凡人常常活在趣味之中,生活在有价值中,若哭丧着脸挨过几十年,那生命便成为沙漠,要来何用?"在他看来,子女的健康和乐观,比成就更重要。

他的终极目标,是希望孩子们都获得幸福。

梁启超一生给子女写了400多封信,总计百余万字,占他著作总量的十分之一。这让现在总说工作太忙,没时间陪伴孩子的父母们,情何以堪。

真正闲不下来的,也许是浮躁焦虑的心。我们情愿刷着手机,也不愿看着孩子的眼睛，听他们讲讲简单的喜怒哀乐。让孩子感到被父母"看到"，无比重要。梁启超最可贵的一点，正因为他是一位难得的、直接的、不厌其烦地向孩子表达爱意的父亲。

爱，就是最大的赞美。

在赞美中成长的小孩，怎能不成为最好的自己呢？在赞美中生活的家人，怎能不越来越爱对方呢？

十年饮冰，难凉热血。冰代表理性，热血代表激情，用十分的克制加上十二分的热烈，过好这有舍有得、有凉有暖的一生。

学会爱：

感情中，与热烈相比，克制是一种不太舒适的状态。

"喜欢是放肆，爱是克制"，一句电影台词曾戳中千万人的心。

克制，天生带着几分优雅，也带着几分黯淡。你与心里的冲动激烈搏斗，表面却只能不露痕迹。它是个隐痛的过程，没有尽情燃烧时的绚丽与快感，却会慢慢沉淀出内心秩序的清晰，生命规则的澄澈。

对普通人来说，选择克制，比起伤筋动骨地燃烧，然后留下飞扬的火花和满地的灰烬，需要更大的力量——因为相对于不管不顾的失控，它还要求你成长与负责。

吴文藻 / 冰心女士眼力不佳

选到一个满意的男朋友，归根结底是运气问题，还是眼光问题呢？

想到知乎上那个著名的排比句："脸蛋和身材，决定我是否想去了解她的思想；而思想，决定我是否会一票否决她的脸蛋和身材。"

听起来绕口令似的，细一琢磨，又有些道理。借用这个格式，我们的问题也有了答案，那就是：选男朋友，运气决定你的眼光是否能用得上；而眼光，最终一票肯定或否决你的运气。

比如吴文藻和冰心。

1923年8月，在上海前往西雅图的一艘邮船上，一个秀丽的身影格外引人注目。

她就是二十二岁的冰心，当时已出版诗集《繁星》和小说集《超人》，是众人皆知的才女。此次，她以优异的成绩从燕京大学毕业，正前往著名的美国威尔斯利女子学院，攻读硕士学位。

她站在甲板上，遥望蔚蓝色的太平洋。对这位海军军官的女儿来说，海是熟悉和亲切的。这艘大船也充满亲切的气氛，头等舱几乎被留美的中国学生住满了，光是清华的学生，就有一百多名。

两个星期之后，船在西雅图靠岸。大家匆匆告别，各自前往不同城市的大学，从此进入新的人生。

可命运的导演出现了，他说：等等，吴文藻呢？

在命运的安排下，船在西雅图停靠之前，发生了一则故事——

一天，冰心想起一个朋友曾拜托自己，在船上找一下她的弟弟。于是她请同学许地山，去清华的一群男生里找那个叫吴卓的人。

一会儿，许地山带了一个吴姓男同学胜利归来。那吴同学浓眉大眼，一脸茫然。一问名字，原来叫吴文藻，找错人了。大家正玩着丢沙袋的游戏，只好邀他一起加入。游戏之后看海闲谈，吴文藻得知冰心要去攻读文学，这个看起来有点严肃认真的小伙子，立刻列举了几本英美评论集，问冰心是否读过。

冰心说："没有。"

小伙子皱了下眉，非常直接地说："你如果不趁在国外的时间，多看一些课外书，那么这次到美国就算是白来了！"

白来了！一直以才女身份备受瞩目的冰心，竟被如此警告。

吴文藻说完就告辞了，留下冰心，和一颗被刺痛的少女心。冰心后来说，邮轮上，大家都对她这位"新秀作家"很客气，唯有吴文藻的坦率，让她觉得遇到了一个诤友和畏友。

看来，要给对方留下深刻的印象，反其道而行之也是一个好方法。吴文藻的同学，张忠绂先生后来幽默地说：

"当日船上最引人注意的，似为谢冰心女士。她文名早著，秀丽大方,毫无骄矜态度,捧她的人很多。后来她与我的同班吴文藻结婚,倒是事前未曾料及的。文藻是一位谦谦君子,在船上没有看他怎样追求,他的成功也许正如古语所说的:为政不在多言。"

也许这一招,还可以叫作"一剑定江山"吧。一句真诚的劝谏,抵得住万千甜言蜜语。当然,对于谦谦君子的书虫吴文藻来说,他的劝谏完全不是为了引起冰心的注意,而仅仅是出于为学本心。

这个性情严整、一板一眼的小伙子,当时还不知道他已在冰心那里,留下了微妙的印痕。

吴文藻出生于江苏江阴,是我国著名的社会学家和人类学家,是最早在中国践行人类学、民族学本土化的学者。享誉中外的社会学家费孝通,正是他一手培养的优秀学生之一。自1996年起,中央民族大学设立"吴文藻文化人类学奖学金",以纪念先生,奖励后学。

1923年8月的这天,蔚蓝色的太平洋上,他和冰心——各自的两颗心里,都掀起了不一样的波澜。

冰心是才名卓著的名门闺秀,而吴文藻"门第清寒,小康之家",他不敢多作奢望。另外,这位书虫吴同学,正紧握拳头,准备全身心投入学业,实现自己的远大抱负。

从青年开始,他就像啄木鸟一样,一点点啃着社会学这块硬木头。一直以来,他都立志精进学业,希望以本土化社会学实践于当时的中国。

他的确做到了,他获得了哥伦比亚大学的博士学位,荣获了"最近十年内最优秀的外国留学生"奖。他研究学术的劲头,一直延续到后来与冰心成婚。婚后，他更是全身心投入事业，以至在生活中，一脸茫然成为他的经典表情。

他们俩，曾被清华大学校长梅贻琦，戏称为"冰心女士眼力不佳"。

是啊，选择和一个书呆子结婚，把生活过成一部严肃的科学纪录片，对文艺女青年来说，确实是个不小的考验。

没情趣，不浪漫，太无聊，这些词你是不是经常拿来埋怨？看人家过生日，老公送的那大把玫瑰；看人家度假，那秀得一手好恩爱。回头再看看自己的他，正一脸茫然着呢。

文名早著、秀丽大方的冰心女士，怎么就选择了书呆子吴文藻呢，真的是梅贻琦所说的眼力不佳吗？

事实上，是冰心女士眼力太好了。她看到了吴文藻木讷表面下的善良和率真，的确，他不善言辞，但人家会说"白来了！"一鸣惊人、一针见血啊。

在美国，他们入读不同的大学，两个城市相距七八个小时的火车路程，很远。许地山因此常开玩笑："如果不是我找错了人，你们下船一分开，就没机会认识啦。"

但命运之手已通过许地山，把他们带到了彼此面前。如果说这是运气，冰心女士又用"很佳"的眼力，扫视关注到了这位诤友。

回到学校后，面对雪片般的信件，冰心都只用风景明信片礼貌地回复一下。唯独在收到吴文藻寄来的明信片之后，她专门回了一封长信。

倚门回首，却把青梅嗅。一旦你喜欢上一个性格不那么外向的小伙子，是需要鼓励一下对方的。果然，收到回信的吴文藻很是开心，邮寄明信片时的忐忑，一扫而光，他开始了一个书虫独特的追求方式。

他到处买自己认为对冰心有帮助的书，每个星期，都认真做着打包寄快递这件事。他还在书上精心画上红色标记，随信告诉冰心，如果没有时间读，至少也要看重点部分。

冰心说："老师对我的阅读范围之广很惊讶，知道我有个指导者后，说对方一定是个优秀的学者。"

后来，冰心邀请吴文藻来波士顿看她与梁实秋、顾一樵演出《琵琶记》，虽路途遥远，他仍及时赶到，给了冰心一个惊喜。冰心假期去康奈尔大学补习法语，回头一看，巧了，吴文藻也来补习法语。

在小城绮色佳的湖里划了两个月的船之后，吴文藻终于鼓起勇气，向冰心表白。

民国恋人们的通信，或热情火辣，或诗情画意，风格不一，但吴文藻和大家都不一样，他给冰心父母，写了满满五页信纸的"求婚书"。

他详细介绍自己，从家庭情况、个人学业，到理想抱负、爱情观念，仿佛一篇论文，但又言辞恳切，读来令人动容。他在最后写道：

"此事之成，只待二位长者金言一诺。总之，我这时聚精会神的程度，是生来所未有的。我的情思里，充满了无限的恐慌。我一生的成功或失败，快乐或痛苦，都系于长者之一言。假如长者以为藻之才德，不足以仰匹令爱，我也只可听命运的支配，而供养她于自己的心宫；且竭毕生之力于学问，以永志我此生曾受之灵感。"

字里行间，全是对恋人及其家人的尊重。相信任何一对父母，都会心甘情愿牵着女儿的手，放心托付于他。

1929年6月15日，冰心与吴文藻在燕京大学临湖轩，举行了婚礼。

在后来补拍的婚纱照中，冰心戴着白色头纱，温婉秀丽，吴文藻穿着黑色西装，潇洒俊雅，两个小花童在前面捧着花束，一切美好得就像是冰心作品《繁星》里的诗句。

他们的爱情就像星光，不耀眼夺目，只是闪现着温柔的爱与平静的光。

他们是彼此的初恋，也是终身的爱人。他们首先有共同的婚恋观，那就是认同婚姻的庄严与理智。吴文藻在给冰心父母的"求婚书"中说："不轻易爱一个人，如果爱了一个人，即永久不改变。"

日常相处中，他们是性格互补型。吴文藻的学生回忆，冰心很和蔼，很关心大家，喜欢和学生说说笑笑。吴文藻则很严肃，王庆仁教授回忆："在我的印象中，吴教授是个一本正经的老师，很少说跟学术无关的事情，从不说半点笑话。"

因为在生活中，吴文藻就是负责闹笑话的。

冰心让他去买萨其马，他进了点心店，说要买马。又让他去买双丝葛的夹袍面子，他进了布店，坚持要买"一丈羽毛纱"。

他偶尔也从书房出来，陪家人赏花。冰心看他又一脸茫然，戏弄他，让他以为丁香叫"香丁"。他也很风雅，把冰心的照片放在书桌上，冰心问他："你是拿来做摆设呢，还是天天要看一眼？"

吴文藻答:"自然是要看的。"

于是冰心悄悄把照片换成了电影明星阮玲玉,果然过了好几天,他都没有发现。冰心的父亲笑着说,这个傻姑爷可是你自己选的。

后来,冰心戏拟宝塔诗笑话吴文藻,说的是:

马
香丁
羽毛纱
样样都差
傻姑爷到家
说起真是笑话
教育原来在清华

清华的梅贻琦校长看到了,会心一笑,大笔一挥加上了后面两句:

冰心女士眼力不佳
书呆子怎配得交际花

现在看来,这字字句句,其实就是在秀恩爱啊。明眼人一看即知,吴文藻"一股傻气"的背后,是对事业的全心付出,对家人的笨拙体贴。冰心女士哪里是眼力不佳,对这个傻姑爷,她一直是心满意足、捂嘴偷笑的状态。

两个性情迥异的人，走过了六十二年的美满婚姻。抗战期间，冰心与吴文藻远赴云南，他们把昆明祠堂里的家叫作"默庐"。后来搬到重庆，两人又先后住进简陋的"嘉庐""潜庐"。

他们顿顿吃稀饭，却从不亏待朋友和客人。冰心给吴文藻列了个排行榜，说他是"朋友第一，书第二，女儿第三，儿子第四，太太第五"。

这分明还是在褒奖丈夫，也是对吴文藻品格的认同和欣赏。那段日子，冰心写道："我们是疲乏，却不颓丧，是痛苦，却不悲凉，我们沉默地负起了时代的使命。"

抗战胜利后，他们随政府代表团前往日本，为中国争取战后权益。在这期间，新政权成立，吴文藻放弃耶鲁大学聘任，和冰心带着一双儿女辗转回国。在随后的时代遭遇中，他们经历了划"右派"、住"牛棚"、挨批斗，吃尽苦头，但他们平静坚韧，苦中作乐。老两口在湖北咸宁的"五七"干校搭起一个家，握着手说，就在这里安度晚年，也挺好。

冰心曾说，无论何种岁月，吴文藻都"很稳，很乐观，好像一头牛，低头苦干，不像我的多愁善感"。安稳的时候，吴文藻劝谏敲打她，艰难的时候，又乐观支持她。他是一辈子的诤友与爱侣，是她一生中最大的运气，当然，她也要感谢自己的好眼力。

吴文藻辞世时，骨灰盒上简单刻着两行字："江苏江阴吴文藻，福建长乐谢婉莹"。1999年，冰心逝世，遵照她的遗愿，人们把他们的骨灰一起投入大海。在那里，两人一如初遇，再次重逢。

命运安排了你，我一眼将你认出，没有错过。

小时候，她叫谢婉莹，在海边长大。

少女时，她叫冰心，在蔚蓝的太平洋上，得遇吴文藻，一见倾心。

这海洋般清澈深情的一世好姻缘，原来只是，江阴吴文藻，长乐谢婉莹。

学会爱：

冰心与吴文藻，一眼锁定，缘定终身，是"运气与眼力"的最佳版本。

那么我们如何在人来人往中，精准扫视出自己的那个他呢？

首先当然是试错，趁年轻，多恋爱，多经历。你不比较，怎么知道谁是过客，谁是Mr. Right呢？比如两个人，同时告诉你要"多喝热水"，真的去倒了杯热水给你的人，就值得在榜单上多加十分。

眼力，说到底是你的感受力。你的心不会骗你，如果你接收到的是真诚、爱惜、重视，他就可以是正确人选；如果你接收到的只是花言巧语、暧昧不明、敷衍冷淡，那么请转身离开。

爱情中的好运气，从来都是自己挣来的，祝好运！

张伯驹 / 与你共担传奇重量

北京四合院的价格，如今座座逾亿，拥有者无一不是巨富名流。但曾经有人，将其占地十五亩的北京大宅——一座原属李莲英的豪华阔院，割爱售出，只为购得一张古画：隋朝展子虔的《游春图》。

那是1946年的春天，大宅主人是张伯驹与潘素夫妇。

卖完宅子，潘素又典当首饰，凑够黄金170两，终于从卖家手里拿到《游春图》，在最后一刻，阻止了名画流失海外。

1956年，张氏夫妇将包括《游春图》在内的八件国宝级书画捐赠给国家。现在，它们件件是故宫博物院的镇院之宝。

千金散尽，呕心沥血；民国公子，传奇一生。这就是张伯驹，一位集收藏家、书画家、诗词学家、戏剧家为一体的文化奇人。

国画大师刘海粟说："他是当代文化高原上的一座峻峰，堪称京华老名士，艺苑真学人。"

他的妻子潘素，先是上海青楼艺人，后成著名山水画家。他们堪称是奇遇奇，怪对怪，其爱情故事，唯有传奇二字才能担当。

张伯驹出身于官宦世家，父亲张镇芳历任要职，后创办盐业银行。他从小天资聪颖，过目成诵。后来，他与少帅张学良、皇族子弟溥侗、袁世凯之子袁克文，并称"民国四公子"。

他获得这个名号，不仅因为显赫的家世，更因为出众的才情。

张伯驹才学惊人，三千多卷的《二十四史》、两百九十四卷的《资治通鉴》，还有《古文观止》、唐诗宋词等，他均出口成章，如数家珍。他在诗词书画戏曲各领域，均有很深的造诣，尤其是诗词和书法。周汝昌先生评他的词为"现代词家之楷模"，他的一手飘逸字体被称作"鸟羽体"，与他的玉树临风，就像是一种笔墨唱和。

传统学养和万贯家财，为他的收藏大家之路打下了基础。三十岁时，他开始醉心收藏。

收藏于他的意义，从爱好，到使命，到化作生命的一部分。为了保护重要文物，他从豪门巨富到债台高筑，毫不为意。最后，他将毕生心血捐献国家，收藏壮举化作两袖清风，他的传奇故事里，有着无可比拟的重量。

与他共担这份重量的人，是潘素。

在上海初见潘素时，三十五岁的张伯驹已有婚配。他娶第一任妻子李氏，是十八岁时家里的安排。李氏与他无法建立感情，也无子女，年轻时染疾去世。由于第二任妻子邓韵绮也没有生育，他续娶了王韵缃。

生下孩子之后，张家视若珍宝，将媳妇和孙子坚决留在身边。张伯驹独自去了上海，任职盐业银行总管理处稽核。

这些女子贤惠平静地生活着，她们的名字都是张伯驹所取，相同的一个"韵"字，透露出他对知音的渴求。直到潘素拨动《霓裳曲》的琴弦，她的江南神韵，让张伯驹初见之下，惊为天人。

一开始，他们便上演了一出传奇戏中才有的"夜劫佳人"。

潘素很美，哪怕到了中年。章诒和就曾由衷赞叹："一位四十来岁年纪，身着藏青色华达呢制服的女士从北房快步走出。她体态丰盈，面孔白皙，双眸乌黑，腮边的笑靥，生出许多妩媚。"

潘素也是奇女子一枚，她本名潘妃，出身名门。母亲从小为她聘请名师，学习绘画和音律。不幸的是后来家道中落，母亲去世，继母塞给她一张琴，把她卖入青楼场所。

但她骨子里就不是一个柔弱女子，虽身处险恶，她也处处为自己谋得生路。凭借美貌与才艺，她迅速成为上海"花界"的红人。张伯驹的好友孙曜东回忆："她的客人多是上海黑社会，男人多有纹身，她也给手臂刺上一朵花儿。"

活灵活现一个坚强女子，在风尘中咬着牙一路拼杀，直到张伯驹的出现。

张伯驹倾倒于她的美丽和才华，在三十年代魔幻般的上海，他们相爱了。当时，潘妃已被一个军官看中，一度被对方软禁于酒店。张伯驹与朋友周密策划，夜劫酒店，救出佳人。

第二天，他们一路北上。潘妃改名潘素，从此摆脱上海梦魇。

是不是特别像张恨水的章回小说？翩翩公子与落魄美人，一番曲折后终于缘定三生。但他们的故事，远远不止于此。

华丽与苍凉，共同成就传奇。他们的前半生是觥筹交错的喧哗，后半生则是励志故事的手笔，家国大片的卷轴。

1932年，潘素与张伯驹正式成婚，她的人生从此豁然开朗。张伯驹为颇具绘画天赋的她延请名师教导。老先生朱德甫说了一句："历代才女画花卉、写诗词者多，而能山水者少。"

　　曾在胳膊上刺青的小女子听了，倔劲儿上来，偏要专攻山水画。

　　张伯驹对她的志气大加赞美，立刻请来苏州山水名家汪孟舒。

　　习画之余，他带她见识交往各界鸿儒，文化的浸润，带来画艺的迅速提升。他收藏的各色真迹范本，她当然是"近水楼台先得月"，日夜揣摩，细细品味，化为胸中气象。他还和她遍游名山大川，将大自然的至美，化作笔下万千泼墨。更为她赋诗作词，用满腔爱意，给她注入灵性的光华。

　　潘素犹如一块璞玉，终至润泽。1939年，她临摹被毁坏的山水名画《雪山图》，轰动平津，声名鹊起。这幅画作，前后有五十多位名人题词，称其"兰闺亦有吴生笔，点染才分咏絮功"。

　　后来，张大千称潘素的画作"神韵高古，直逼唐人，谓为杨升可也，非五代以后所能望其项背"。

　　再后来，她的画成为国礼，被赠给英国首相撒切尔夫人、美国总统老布什、日本天皇裕仁。

　　从青楼艺人，到名重天下的金碧青绿山水画家，这之间的跨越，简直励志到无以复加。这一切，除了潘素自身的天赋和努力，也来源于张伯驹的爱与成全。

　　最好的爱，是激发出你自己都未曾知晓的美。张伯驹让潘素开出了最盛大的灿烂，潘素对张伯驹也有另一番深情与珍惜。

　　初识之时，她曾遭软禁。时间来到1941年，张伯驹遭遇了人生中最大的一次劫难。他被汪伪政权"76号"组织绑架，绑匪开出大额赎金，张伯驹命悬一线。其间，他以绝食相逼，与潘素得以相见。奄奄一息的他见到潘素的第一句话就是："即使我死了，也不能变卖陆机的《平复帖》。"

关于《平复帖》，不得不提到唐代名画《照夜白图》。

当时，大量源于故宫的国宝级文物，流于市面。唐代画家韩干的代表作《照夜白图》几经转手，不幸流落海外（现收藏在美国大都会博物馆）。张伯驹得知后，痛哭流涕，像失去了自己的孩子一般。

同时出现的《平复帖》，处境更加危险。《平复帖》是晋代陆机的书法作品，是中国现存最古老的名家真迹，是著名的九大"镇国之宝"之一，怎样珍惜都不为过。几番复杂周章，张伯驹终于凑够重金得到了《平复帖》，免于国宝流失。

张伯驹说："在昔欲阻《照夜白图》出国而未能，此则终了宿愿，亦吾生之一大事。"

没有谁比潘素更了解他，她拒绝把任何字画卖给觊觎的汉奸，说："实在救不了丈夫，我认命，大不了与他九泉下相会。"

潘素和朋友多方筹借斡旋，绑匪足足关押了张伯驹八个月，才将其释放。这就是张伯驹，他把文化的珍藏，看得比生命更重要。这也是潘素，她一直以自己的大气胸怀，成就着丈夫的"真性情"和"大迂阔"。

有人说："为人不识张伯驹，踏遍故宫也枉然。"穿越历史曾经的遗忘，说张伯驹续存了一个国家文化的精华，似不为过。在如此厚重的背景下，他本人，却是一个淡然出尘的飘逸形象。

老朋友孙曜东回忆，即使在家业庞大之时，他的生活都极其朴素："不抽烟，不喝酒，不赌博，不穿丝绸，也从不穿西装革履。长年一袭长衫，而且饮食非常随便，有个大葱炒鸡蛋就认为是上好的菜肴了。"

他的散淡和迂阔，也表现在他对待不同人物的态度上。对《平复帖》，他看得比命还重。可是当年轻学者王世襄，小心翼翼地请求观摩研究时，他竟然说："你拿回家看去吧。"

他其实心明眼亮，哪些人值得信任，什么事举重若轻，他非常拎得清。在他看来，文化并不是一份私藏或炫耀，它属于所有值得的人。

1956年，他和潘素将包括《游春图》《平复帖》，杜牧的《张好好诗》，范仲淹的《道服赞》《蔡襄自书诗》等八件国宝级藏品，无偿捐献给故宫博物院。另外，故宫博物院还收藏有张伯驹《丛碧书画录》著录的古代书画二十二件，件件堪称瑰宝。

1965年，他们又将周之冕的《百花图》，以及其他的三十多件藏品，捐献给了吉林省博物馆。

纪录片《故宫》的策划章宏伟说："张伯驹先生捐献的任何一件东西，用什么样的形容词来形容它的价值都不为过。"

这种价值和重量，总让我想起北岛的一首诗："故国残月／沉入深潭中／重如那些石头／你把词语垒进历史／让河道转弯"。

张伯驹把自己，垒进了历史。

他为了收藏一掷千金的气概，典质借贷的豪放，无偿捐献的胸襟，遭到很多人的非议和不理解，但潘素一直全心全意地支持着他。

嫁给他时，她自带的珠宝据说价值连城，张伯驹曾在一段文字中记述：

"自潘素嫁我以后，我未曾给她一文钱。卢沟桥事变后，我的家境已经中落。民国三十年，我又突然遭到汪精卫伪军绑架，这时奉养我生母、营救我的都是潘素一人。我为了保存国家文物，潘素也变卖了自己的首饰。"

同林鸟，各自飞，在利益面前，多少夫妻转头成陌路。而潘素，这位专攻山水的奇女子，有着非同常人的胸襟。正如她画画，从来不爱小品，一下笔就是六尺、八尺、一丈，甚或丈二匹的山水。大格局，因为她有大心胸。

当然，也是因为爱他，爱这样一个性情迂阔单纯的人。有一件小趣事，来自章诒和的回忆。张伯驹有一次看中了一张古画，潘素却犹豫了，她毕竟要考虑全家人的吃穿用度。谁知张伯驹竟躺在地上耍赖，直到潘素拿出一个小首饰，才孩子般地爬了起来。

这份包容与柔情，有几人能做到呢？套用他们朋友的话，这只能是"英雄识英雄，怪人爱怪人"。这个世界很有趣，表面上看，大家都是一样的。但在精神生活和内心世界，怕是五六层"盗梦空间""折叠北京"，都不够形容。人与人之间，最远的，从来是心灵的距离。

千金散尽之后，张伯驹和潘素早已不再锦衣玉食。晚年，由于政治风波的冲击，他们经历着缺衣少食的贫困，但爱与艺术的心灵相通，让他们能够淡化苦难，怡然自得。

王世襄说："1969到1972年最困难的三年，我几次去看他，除了年龄增长，他的心情神态和二十年前住在李莲英旧宅时并无差异。不怨天，不尤人，坦然自若，依然故我。"

有丰富精神世界的人，是幸福的。如果这份幸福里又有知音相伴，更是莫大的幸运。在困厄中，他们仍然一个画画，一个题词，乐在其中。这一生，幸得与你相遇在万丈红尘，再一起遁入山中为高士。

风云过后，迎来平静暮年。有一次，有领导问张伯驹，是不是考虑建个博物馆之类，让作品传世。

张伯驹回答："我的东西都在故宫里，不用操心了。"

轻描淡写的一句话，潜藏着一生的遭际，沉淀着家国之重。在场的人，无不肃然起敬。

1980年3月，北海画舫斋举办了张伯驹与潘素的联合书画展，五十多幅作品，诉说伉俪情深。1981年初，因思念老友张大千，张伯驹修书一封，潘素手绘芭蕉图两张，寄到台北。数月后，张大千一张补画波斯猫，一张补画仕女像，被画坛称之为"补笔双绝"，成为艺术史上一个美丽的咏叹。

1982年2月，八十五岁的张伯驹依偎在潘素怀里，溘然离世。

北岛的那首诗里，还有一句："青灯掀开梦的一角 / 你顺手挽住火焰 / 化作漫天大雪"。

历史的火焰与雪地里，有张伯驹对美的力挽狂澜。

还好，这力挽狂澜中，他有潘素。时间回溯到1975年，张伯驹在西安小住，七十八岁的老人，为分开数月的妻子写下一阕深情的《鹊桥仙》：

不求姝巧，长安鸠拙，何羡神仙同度。
百年夫妇百年恩，纵沧海，石填难数。
白头共咏，黛眉重画，柳暗花明有路。
两情一命永相怜，从未解，秦朝楚暮。

每年元宵，是潘素生日，他写下诸多深情词作，如《水调歌头·元宵日邓尉看梅花》：

明月一年好，始见此宵圆。人间不照离别，只是照欢颜。侍婢梅花万树，杯酒五湖千顷，天地敞华筵。主客我同汝，歌啸坐花间。

当时事，浮云去，尚依然。年少一双璧玉，人望若神仙。经惯桑田沧海，踏遍千山万水，壮采入毫端。白眼看人世，梁孟日随肩。

再回溯到新婚时，他携潘素登峨眉山，兴之所至：

相携翠袖，万里看山来。云鬟整，凤鬟鬆，两眉开，净如揩。

最后，让时间回到1932年吧。那一天，张伯驹对琴声如诉的潘妃一见如故，为她提笔联诗：

潘步掌中轻，十步香尘生罗袜；妃弹塞上曲，千秋胡语入琵琶。

她抬起头，两人粲然一笑：世间情事，从此注定。

我成全了你的万千锦绣风情，你成就了我的一生名士风华。

学会爱：

每一段婚姻，都是我们自己的传奇。故事的开头都是一样，你侬我侬，花前月下。

慢慢地，故事走向出现了分岔。有的人失去了自我，开始紧张地依附对方，患得患失；有的人太过于自我，一点不合拍就放弃沟通，渐行渐远。

也许最明智的选择，是在每一个阶段，都低头认真打磨自己，也抬头珍视对方。像潘素那样，从婚姻中汲取最大的营养，尽快成长壮大。顺境时相得益彰，逆境时共同承担。

有真情，共成长，无论甘苦，都知道对方会和自己站在一起，这就是传奇般的好婚姻。

梅兰芳 / 爱情之外的选择

爱情让人迷恋。

初见,一见钟情。发誓,一言九鼎。相爱,一往情深。受阻,一意孤行。分手,一刀两断。

这个"一"字,飒飒生风,带着一种不容置疑的味道。它讲一个人面对爱情时,可以有着怎样的决心和决断,比如王明华、福芝芳,还有孟小冬。

她们是京剧艺术大师梅兰芳身边说不尽的三个女人,个个明艳动人,杀伐决断,个个都有一股狠劲儿。她们的名字与梅兰芳紧密相连,但她们本身的光彩,也如命运之刃的闪光,或冷,或暖,或凉。

20世纪20年代的北京,如果你从林徽因"太太的客厅"走出来,一直走到北总布胡同的北口,就会看到一条东西向的无量大人胡同。梅兰芳的缀玉轩,就坐落于此。

梅兰芳出身京剧世家,八岁学戏,十岁登台。五十余年的艺术生涯里,他开创的"梅派"将中国的京剧推向了巅峰。他是"四大名旦"之首,在美国访问演出时,纽约《世界报》评论道:"梅兰芳是我们所见过的最杰出的演员之一。"

为戏曲而生的他，其情感经历，也暗合了那句"戏如人生，人生如戏"，充满了不可预知的戏剧性。

1910年，十六岁的梅兰芳与王明华成婚，夫妻恩爱。

1921年，为延续家族血脉，梅兰芳续娶第二位妻子福芝芳。

1926年，梅兰芳遇见"须生冬皇"孟小冬，两人棋逢对手，互生爱慕。

1927年，梅兰芳迎娶孟小冬，遭到福芝芳强烈反对，一场感情拉锯战持续六年。

1933年，天津《大公报》头版连登三天《孟小冬紧要启事》，孟小冬单方面宣布与梅兰芳解除婚姻关系。两人从此天各一方，再无一字一语。

三个女子，三种不同的命运走向。看得到的结局下，是看不到的繁华与幸福，眼泪和悲伤。从现存的老照片看，她们都是美人。王明华安静文雅，福芝芳面若明月，孟小冬钟灵毓秀。

她们都出自梨园，长期的表演训练，给了她们独特的风度与神韵。她们各有各的美，各有各的性格，手起刀落间，就把自己置身于舞台、爱情，或遗忘里。

梅兰芳当然是爱她们的。这份爱，掺杂着艺术与生活的矛盾，俗世与内心的掂量。他的爱情故事，如远远舞台上的一出大戏，晕染着色彩，朦胧着灯光。

十八岁的王明华嫁到梅家时，梅兰芳并未走红，他正处在关键的变声期和前途未卜的忧虑里。还好，一切顺利，婚后第二年，他参加京剧演员评选活动，摘得第三名。

他的演艺生涯，从此似星火燎原，一天比一天红火。1913年，梅兰芳从上海成功演出返回北京，下定决心要革新戏曲。他说："我不愿意还是站在这个旧的圈子里边不动，再受它的拘束，我要在走向新的道路上，去寻找发展。"

他全身心投入京剧革新，他的周围，慢慢聚集起一批被称作"梅党"的人。

他们是一群高端听众，其社会地位和学识修养，均不可小觑。梅党有总策划，有股东，有秘书，成为梅兰芳艺术事业的坚定后盾。他们为梅兰芳筹集资金，规划演出，为他编撰剧本，创新舞台，甚至对他的婚姻和生活，都有着举足轻重的影响。

此时的梅兰芳和王明华，宛如神仙眷侣，夫唱妇随。聪慧的王明华一边勤劳持家，一边协助打理丈夫的事业。

梅兰芳给京剧加入了许多新鲜元素，比如添加舞蹈，使用舞台追光，借鉴古典绘画提升视觉审美等。在这个过程中，王明华的才华被大大地挖掘了出来。

她是一个天生的造型艺术设计师。无论是化妆、发型还是服装，她均眼光独到，心思巧妙。在她的打理下，梅兰芳的舞台扮相越来越俊美出众。

"梅派"大红之后，能干的王明华成了丈夫的左右手。

事业上，她是舞美设计和演出总控，家里，她是仪态万方的梅府女主人。梅兰芳对她赞赏不已，夫妻二人形影不离，外加一对儿女，她生活在幸福的巅峰。

梅兰芳当然是她幸福生活的绝对中心，为了他鬓角的一朵绢花,她都要亲自去作坊定制。她的性格里,也有傲气和锐气,为了避免"演艺界"莺莺燕燕的干扰,丈夫的每场演出她必然亲自跟随,并一手包揽后台的化装事宜。老规矩里,女子是不能进后台的,她就女扮男装,将陈腐规矩一举打破。

本来,她会一直幸福下去。可惜,也许是站在巅峰太久,她的心里注入了太多兴奋、眩晕,甚至恐慌。为了能长期跟随照顾丈夫,她不顾所有人的反对,做了绝育手术。

命运的刀刃,隐隐闪出无情的寒光。

如果在今天,这件事不会成为一个女人的转折点,可她生活在百年前的中国。噩运很快到来,一双可爱的儿女,在荨麻疹中双双夭折。夫妻两人悲痛欲绝,梅兰芳作为两房独子,不得不面临延续梅家血脉的难题。

王明华的娘家,曾建议他们收养侄子王少楼。梅兰芳思忖过,犹豫过,但千百年的宗族观念,终究是他无法越过的坎。自己还不到三十岁,京剧世家最讲究血脉传承,怎可轻易掐灭?

识大体的王明华,最终同意了丈夫迎娶福芝芳。这个在戏馆唱戏的女孩,经过了"梅党"的亲自挑选和认可。

新人很快进门,除了表现大度襟怀和姐妹情深,王明华还能怎么样呢?

刻骨的抑郁和悔恨,吞噬了她的健康。她不思饮食,精神委顿,很快卧床不起。丈夫依然是体贴的,嘘寒问暖,新人是敬重自己的,刚出生的婴儿,立刻抱过来给她过目。她一针一线,为孩子亲手缝制了一顶小帽子。

无法想象骄傲的她,承受着怎样的痛苦。一夜之间,子女、丈夫、家庭，甚至事业，都被命运反手一击，荡然无存。她的身体一天比一天差，患上严重的肺结核之后，她选择离开家，离开北京，离开这个伤心地。

她说："不要因为我，传染了梅郎和孩子们。"

1929年，三十七岁的她在护士的陪伴下，病逝于天津。梅兰芳亲自挑选墓地，厚葬了她。王明华的故事，就此消隐。

值得一提的是，对她，福芝芳始终心存敬重。因为命运对一方是残酷，对另一方则是侥幸。福芝芳知道，她所有的幸福，都来源于一场人生意外。

王明华用错了她的"狠"，她不顾后路，对他人全盘付出，最终退无可退。这世上，从来没有十拿九稳的事。做任何决定之前，都要预估最坏的结果，并确保能够承受。否则，请不要在刀刃上舞蹈。

在这个带着点悲情色彩的底子上，福芝芳决定，要牢牢守护好自己的幸福。

嫁给梅兰芳之后，她终止了舞台表演，全身心投入家庭。她的聪慧决断，以另一种方式呈现。

首先，当然是众多子女傍身，她先后为梅兰芳生育了七个孩子；其次，提升自己。她坚持学习，数年不断，从只看得懂简单的书信，到能品鉴剧本提出见解；再次，修炼情商。她通透人情世故，不仅在梅派内部融洽感情，对外社交也颇为大方。各流派扮戏的演员和师傅，看到她都会拱手尊称一声"梅大奶奶"。

她得到"梅党"的一致好评，也得到了丈夫真心实意的爱。如果没有孟小冬，她会一直是温柔和气的"梅大奶奶"。

可六年后，当婚姻保卫战打响，她立刻亮出锐利刀刃的一面，锋利无比。

与孟小冬相爱，对梅兰芳来说就像热爱京剧一样，是一件天生注定，来不及思考的事情。

十四岁时，孟小冬就在上海乾坤大剧场与名角同台。她的出现惊艳了整个戏曲界，她"扮相俊秀，嗓音宽亮，不带雌音，在坤生中已有首屈一指之势"。

首次相遇时，梅兰芳三十二岁，已是梨园泰斗级别的人物。孟小冬十九岁，与他同台演出《游龙戏凤》，却毫不胆怯，潇洒倜傥。她演正德皇帝，他演李凤姐，高手对决，精彩纷呈，台下观众喝彩不断。

类似现在呼声很高的荧屏情侣，梅迷和孟迷，都希望偶像真的能"在一起"。"梅党"的关键人物齐如山，也说他们是"天生一对儿"。于是，本就彼此倾慕的两个人，就真的在一起了。

1927年春，经银行家冯耿光证婚，梅兰芳正式迎娶孟小冬。

这是一场人人茶余饭后津津乐道的"名角儿"婚事。观众要的是热闹和好看，当事人的烦扰，没人想去知道。

婚前，他们特意去天津井上医院见病重的王明华。王明华当场送给孟小冬一枚戒指，以示认可。弥留之际的她当然无所谓了，纷纷扰扰，已如前世。

可福芝芳不同，这是她的现世。

好不容易得到的幸福，她不容许被破坏。她拒绝承认孟小冬，不许她踏入梅宅一步。她并没有在梅兰芳面前质问和吵闹，这个从戏馆唱戏，一步步变成"梅大奶奶"的女子，知道什么不该做，什么该做，以及应该怎样做。她继续操持整个家庭的里里外外，孟小冬对于她，像个透明人。她首先用这种沉着和无视的态度，向丈夫宣告自己的决心。

梅兰芳陷入两难境地，生活的纠葛，比剧本复杂百倍。

电影《霸王别姬》中，张国荣扮演的程蝶衣，在一句"我本是女娇娥，又不是男儿身"的反复唱练中，角色心理最终与现实性格重合。

梅兰芳出身旦角世家，舞台艺术的浸染，同样造就了他的柔弱温和、谦逊有礼。他是舞台上游刃有余的"伶界大王"，面对现实感情，却少了分果敢，多了些迷茫。

福芝芳并未做错什么，她当然是无辜的。但孟小冬让他心动和倾慕，他也没有力量抵抗这场命定的爱。

单个人都有理由，三个人却成错误。一场情感博弈，他们小心翼翼地走着钢丝。

孟小冬是爱梅兰芳的。嫁给他之后，正处于事业上升期的她，情愿暂别舞台，没有名分，屈身外室。最初，他们过得很快乐。梅兰芳与她临窗习字，推敲剧本，手把手教她画梅兰竹菊。可时间一长，孟小冬不想再"囿于闺房和爱"，她提出重返舞台，梅兰芳却不同意。

他说："朋友会笑我，连自己的太太也养不活。"

这句话没什么好指责的，梅兰芳不是思想先锋。他一直恪守着许多传统的东西，好的或"坏"的。他超越不了自己的时代。

这时，一场枪击案又给他俩的爱情蒙上了重重的阴影。1927年底，一个疯狂的"孟迷"来到缀玉轩，混乱中打死了一位客人。流言四起中，心有余悸的梅兰芳疏远了孟小冬很长时间，一度避居上海。

在爱情、事业和安全的权衡中，男人们的选择大多没有悬念。

年轻气盛的孟小冬，哪受得了这种冷落。一气之下，她不顾梅兰芳的反对，独自到天津复出舞台，连演十几天，被各路报纸追捧。说到底，孟小冬过去所有的患得患失，不过是因为还爱着对方。不是有一句话吗，当一个女生再也不跟你吵、不跟你闹的时候，就是你失去她的时候。

而福芝芳的厉害之处，是把小女生们大吵大闹的那一套，化作策略和行动。

这场婚姻保卫战，她战略上是铁腕的，战术上则是柔情的。她长年的贤惠和付出，在家庭和朋友中都得到了圆融的渗透。丈夫感念她，舆论同情她，对梅兰芳有巨大影响力的"梅党"，最后也作出了"弃孟保福"的结论。

与孟小冬的几次正面交锋，她也是步步为营，毫不退让。

1930年，梅兰芳计划出访美国，准备带孟小冬一同前往，小礼物上都印好了孟小冬的舞台肖像。福芝芳如何应对呢？已怀有身孕的她，毅然实行堕胎手术，表示正牌"梅夫人"随行赴美的坚定决心。梅兰芳左右为难，最后谁都没带。

伤身、伤心、伤神，可谓三败俱伤。

最著名的一次较量，是在梅兰芳伯母的葬礼上。按旧时规矩，梅家所有妻房都应出现。孟小冬剪了短发，别上白花，奔往梅府吊喑。可是在门口,她被拦住了。

福芝芳坚决不准她踏进府门一步,面对求情的丈夫,她寸步不让,厉声说:"只要她进来,我拿所有孩子,还有肚里的一个,跟她拼了。"

梅兰芳只好走出来,对孤身一人、手足无措的孟小冬说:"你先回去吧。"

当时,来往人群在梅府不断出入。唯有孟小冬,连这个门槛都无法跨进。她不在乎周围人的眼神和其他人的羞辱,只是梅兰芳轻轻的一句话,让她在一瞬间,体会了心灰意冷的感觉。这一天,击垮了她所有的坚持和骄傲。那么,一切结束吧。

爱情坍塌之后,她反而冷静下来。曾经的爱在生活的摧折和消磨中,走到尽头。1933年,她拒绝梅兰芳的苦苦挽留,在《大公报》连发三天启事,单方面宣布分手。一个真实决然的孟小冬,再次显现。

也许一开始,性情的错位,就注定了他们的爱将以失败收场。也许一开始,选择福芝芳,就是梅兰芳心底的答案。

福芝芳是春天的温暖,秋天的醇熟。她为他带来可爱的子女,稳定的家庭,事业的后盾。孟小冬则是夏天的耀眼,寒冬的凛冽,她有着自己的个性、追求和梦想。显然,对恪守传统的梅兰芳来说,福芝芳更为适合。

答案,早已写在故事的开头。

福芝芳赢得了家庭,孟小冬赢得了自己。

梅兰芳与福芝芳相伴到老,他们的合影总是依偎而笑,透露着恩爱。孟小冬再次全情投入表演，长达数年的执着，她终于被余叔岩收为关门弟子。求师途中，她曾说："您再不收我为徒，我就要自杀了。"

孟小冬仍是气性十足，铁骨铮铮。只不过，这次的劲儿用在了自己身上。

后来，她成为赫赫有名的"须生冬皇"，嫁给了对她一往情深、叱咤上海滩的杜月笙。她一生都没离开戏剧，晚年在香港教授弟子，挑选标准极为严格。

他们各自找到了最适合自己的生活。

1947年，上海曾举办京剧义演，盛况空前。孟小冬以一曲《搜孤救孤》震惊四座，被誉为"广陵绝响"。整整十天的演出，她与梅兰芳连照面都没打过。

旧情既断，不必回首。

不必回首第一次见到他，少女充满仰慕之情，只是轻轻叫了声"梅先生"。

不必回首她上台表演时，梅兰芳全程伫立在化装室，被她的唱腔狠狠击中。

不必回首新婚宴尔，梅兰芳用手指在墙上瞎比画，孟小冬问："你在那里做什么啊？"梅兰芳答："我在这里做鹅影呢。"

他们爱过，也错过。

还好，我们每个人都有爱情之外的选择。

学会爱：

爱情之外的选择有哪些呢？也许是一种生活的平静与安稳，也许是一段生命的肆意与激情，也许是一个萦绕心怀，执着要去实现的梦想。

在这个故事中，有三位女子，三种选择。

王明华选择了追随，但她在错误的时代里孤注一掷，结果只能愿赌服输。

福芝芳选择了婚姻，她收放自如，对外凌厉对内柔和，牢牢把握家庭幸福。

孟小冬选择了自己，她懂得及时放弃，不忘初心，活出了不一样的精彩。

她们都是勇敢的，可钦佩的，也都是真实的和有瑕疵的。爱是人生中很美的一件事，但不是全部。如果在一份爱情中感到沉重和拖曳，记住，你还有爱情之外的选择和天空。

蒋百里 / 将军与梅花

风气初开的民国，跨国恋不是什么新鲜事，反而有许多著名恋情，例如蒋经国与苏联妻子蒋方良、胡适与红颜知己韦莲司、郭沫若与日本爱人安娜、周作人与妻子羽太信子、出版家邵洵美与美国女作家项美丽、才女凌叔华与英国诗人朱利安·贝尔、社会活动家陈香梅与飞虎队将军陈纳德。

这些异国恋，或昙花一现，或终成眷属，成为一道独特的风景。

在这片风景中，另有一株寒梅，安静开放。

她叫蒋佐梅，是民国著名军事理论家、教育家蒋百里的妻子。她出生于日本北海道，少女时，名叫佐藤屋登。

他们的女儿，著名音乐家蒋英（钱学森的夫人）曾这样谈起母亲："她爱中国，爱家人。她说国语，穿中国衣服，你看不出来她是个外国人。"而蒋百里，这位被国民政府追授为"陆军上将"的军人，最大的梦想，就是打败日本这个强敌。

他与佐藤屋登之间，究竟是怎样一种爱情呢？

有一种爱情，叫作"将军与梅花"。

1901年，十九岁的蒋百里离开家乡浙江海宁，留学日本士官学校。六年后，他以全校第一名的成绩毕业，之后留学德国。

蒋百里的名字，取自《周易》里的"震惊百里"。他专攻军事，长于政论文史，被称为近代中国"文艺复兴式"的精彩人物。

他能文能武，是"可堪大用的特异人才"，曾担任保定陆军军官学校校长、陆军大学代理校长，其麾下学生，大多成为抗战时期的中坚力量。他是国民政府对日作战计划的主要设计者，其军事专著《国防论》，有着战略意义上的高度。让人称奇的是，作为军人，他写作的《欧洲文艺复兴史》让梁启超也称赞不已，至今仍是中央美院教材。

作为职业军人，他一生的大多时间，都在研究中国该如何对抗日本这个强大的敌人。

他没想到的是，在一次枪击事件中，他遇见了自己深爱的日本女子，佐藤屋登。

这次枪击，准确地说，是一种带着强烈武士道精神的自惩，是蒋百里性格与命运交织的必然。

1912年，蒋百里被任命为保定陆军军官学校校长。立志为国强军的他，上任第一天就宣誓："办不好学校，当以自戕以明责任。"

这不是一句戏言，而是说到做到。

虽得到学生拥戴，军校面貌焕然一新，但混乱时代，高远理想仿若螳臂当车。1913年6月18日凌晨，三十一岁的他一身戎装，训示全校师生要担起未来大任，然后沉痛地说："我对不起你们，没有尽到应尽的责任。"说完，他竟向自己胸部开枪。

全国哗然。在巨大的舆论压力下，袁世凯彻查各界，并请日本公使馆协助派出最精良的医务人员。这里面，就有当时任护士长的佐藤屋登。

全力救治下，蒋百里摆脱了生命危险，佐藤负责后续的康复工作。她精心照料这位"自戕明志"的硬气军人，陪他聊天、散步、读书。她看到他身上兼具的军人豪侠与文人儒雅，也敏锐地发现了他内心深藏的痛苦。

一次散步时，她停下来，非常认真地对蒋百里说："如果不能忍耐，如何实现自己的理想？如果你们都轻言牺牲，国家和民族该由什么人去承担呢？"

温柔朴素的劝慰，真诚善意的女孩，让蒋百里还在康复中的心，仿佛又被什么击中了，这一次是爱情。

他敢于以武士道精神对待自己，却不知如何表达爱意。

有一天，川田医院的医师告诉佐藤："蒋百里托了总统，总统托了公使，公使转托了我，叫我征求你的意见，是否愿意嫁给他。"

佐藤愣住了，对蒋百里，她其实也心存敬意和爱意。但嫁给他，就意味着从此离开祖国，远走他乡。犹豫的少女托词要征询父母的意见，回到了日本。

蒋百里完全成了一个陷入爱河的小伙子，他打听到佐藤的住址，开始了猛烈的情书攻势。他甚至在一封信里说："我因你而生，你现在又置我于死，好，我马上就到日本来，要死也死在你的家里。"

这架势，活脱脱一个要挟的狂徒，和他身上春秋战国般的侠义刚烈之气，完全吻合。

这些情书，也凸显了蒋百里性情中人的一面。他说办不好学校，就真的举枪自杀，那么说要追到日本殉情，应该也会说到做到吧。佐藤了解这位中国军人，她不禁陷入了深深的沉思。

"无情未必真豪杰，怜子如何不丈夫"，佐藤已被蒋百里的英雄气质和赤子性情所打动。她倾慕他身上为人、为情、为家国、为理想不顾一切的激情和热血。她对父母说，她考虑好了，选择蒋百里。

在蒋百里朋友的护送下，她再次踏上去中国的旅途。上一次是接受一份工作，这一次是接受一份爱，还有一个未知的将来。

1914年冬天，佐藤的轮船缓缓驶入天津塘沽口。船舷边，她看到英俊清癯的爱人站在码头，她挥了挥手，踏上了他的土地。

当时，中日关系已很紧张。一个日本普通女子，顶住各方压力嫁给一位中国军人，她的勇敢让人心生钦佩。或许佐藤的性格里，也有一种决绝的锐利。这种类似的气质，让她与蒋百里两相吸引，终成眷属。

之后，他们在一家德国饭店举行了婚礼。三十二岁的蒋百里，与二十四岁的佐藤，结为一对异国夫妻。蒋百里极爱梅花，他撷取妻子姓氏，为她取名蒋佐梅。从此，她就像一朵寒梅，一心一意绽放在了蒋百里的身边。

将军与梅花，念起来意境优美，仿佛中国的唐诗，日本的俳句。

婚后的日子，起初是幸福平淡的。蒋佐梅学会了做中国菜，学会了缝纫。蒋百里的母亲曾与他们同住，离开时对儿子说："你发高烧，佐梅整夜都没睡，我现在很放心了。"

婚后第三年，蒋佐梅回日本看望父母。蒋百里拿出积蓄要给妻子买一枚钻石戒指，他说："不要让家里人看见你嫁了个穷军人。"

蒋佐梅拒绝了，她说："爱面子是一种坏习惯，你的美意我放在心里，不要戴在手上。"

她爱慕的是他身上的豪侠之气，这种吸引她远离故乡的强大力量，让她抛却虚荣和脆弱，让她体会到爱的幸福，但也时刻带来隐忧。

1915年，袁世凯称帝。蒋百里当时任总统府一等参议，与袁世凯私交甚笃，但他坚决反对这种倒行逆施。他和张宗祥等十一名将领，结成秘密同盟，掩护蔡锷安全抵达云南组织讨袁战争，最终迫使袁世凯取消帝制。后来，蔡锷病逝于日本福冈，蒋百里又全程护送好友灵柩，回到湖南安葬。

时人评说："蒋之反袁，取大义而舍私恩；万里扶棺，是豪杰而显真性情。"

为了不让蒋佐梅担心，这些家国大事与个人安危，他很少吐露。蒋佐梅在生下第二个女儿时，误听传言，以为丈夫死于一场兵变，曾哭晕了过去。

做军人身边的一株寒梅，比之小说里"将军拥帐，红影灯照"的倥偬浪漫，实际上需要的，是无比的坚韧和勇气。

让蒋佐梅担惊受怕的日子，到1917年出现转机。蒋百里料理完蔡锷丧事之后，任黎元洪政府顾问，随后与梁启超一起赴欧考察。

这几年，是他难得平静的一段时间。他偃武修文，研究和写作军事学论著，完成了著名的《欧洲文艺复兴史》。他主持学社团体，主编《改造》杂志，还与胡适、徐志摩等人一起创办新月社，堪称积极推进新文化运动的"全能选手"。

他与蒋佐梅恩爱相伴，五个女儿环绕膝下，号称五朵金花。

此时的将军与梅花，应该是温暖的底色里，花影幢幢，香气袭人。但梅花更深刻的美，总是在风雪与寒冷之中。

北伐胜利后，他被蒋介石请到南京，奉为座上宾。可很快政治风云就急转直下，由于牵连进"起军倒蒋"一案，他被投入军法处监狱，面临处决。

蒋佐梅得知消息后，没有手足无措，也没有被击垮。她先是果断决定搬家，带着女儿从上海搬到南京，在丈夫监狱附近租住下来。然后她与各界朋友一起积极行动，徐志摩曾一度打起铺盖卷，宣称也要住进监狱。一时，"陪百里先生坐牢"成为文化界的热点。二十个月后，蒋百里终获释。

将近两年，蒋佐梅天天做好饭菜去看望丈夫。她还不停地摘录名人的狱中生活，给丈夫坚持的勇气。

蒋百里出狱那天，从来只是笑着出现的蒋佐梅，这才把内心的恐惧和生活的艰难，痛痛快快地哭了出来。

更大的家国之忧，越来越近。两蒋和解之后，1933年，蒋百里被蒋介石聘为军事委员会高级顾问，赴日考察。回国后，他断定中日大战在所难免，呼吁国民政府尽快备战，并拟定多种国防计划。

1936年，他赴欧考察，提出空军建设方案。

1937年，日本全面侵华战争爆发。

日本姑娘蒋佐梅，选择和丈夫站在了一起。她曾对蒋百里说："你爱你的祖国，亦如我爱我的祖国一样。"在与丈夫生活二十多年后，她更加了解这场战争的实质，她选择了爱与正义。

可战争伊始，日军势如破竹，中国军队节节败退，整个国家陷入巨大的悲观情绪里。

所以，当蒋百里的军事论著集《国防论》出版时，全国为之轰动和振奋。他详细论述了对日战略，并在扉页题词："万语千言，只是告诉大家一句话，中国是有办法的！"

事实上，战争的后续发展，正是《国防论》的预测和策略。同时，蒋百里在《大公报》上连载文章剖析日本，从内政外交、历史地理等各角度，论述日本必败的原因，增加国人志气，并首次提出持久战、运动战的基本雏形。

所有这些工作的背后，都有蒋佐梅的悉心照顾。常年的奔波劳累，蒋百里的身体已非常衰弱。1938年8月，他被任命为陆军大学代理校长。11月，五十六岁的蒋百里在西迁途中病逝，他没能看到中国军队胜利的那天。

将军陨落，只剩寂寥梅花，蒋佐梅再次面临回国与留下的选择。

二十五年的陪伴，没有谁比她更了解丈夫的心愿与遗憾，她义无反顾地留在了中国。

她随募捐组织走上街头，典当首饰，支持抗战。她亲赴前线为中国伤兵治疗，也支持女儿参加前线救护队。晚年时，她说："我这样做，是因为我认为当时中国的战斗是正义的。"

刀兵气质，再如寒梅绽放。她以一个女子在战争中少有的胆识与气魄，缅怀与纪念爱人。她与蒋百里，缔造了一种名叫"将军与梅花"的异国之恋。真挚的爱，可以跨越土地、天空、族群，直抵与爱人相守的明澈。

丈夫逝去后，她独立守护着女儿们的成长。她从来只和孩子们说汉语，看着她们各自取得不菲的成就，这也是她对丈夫的另一种深情告慰。

蒋佐梅独自在中国生活了五十年，直到1978年逝去。她与蒋百里合葬于杭州的南山墓园，墓碑上，清晰地镌刻着"蒋佐梅"三个字。那是半个多世纪前，爱人对她最美好的命名。

年轻时，蒋百里曾带她回到家乡海宁。两人一起在东山西麓种植了数百株梅树，命名为梅园。

他说："老了，就回到这里和梅花一起住。"

她说："太好了，再带上佐梅。"

为纪念蒋百里先生，海宁建起一座占地8000平方米的"百里梅园"，如今已初具规模。每到早春，梅花绽放，徜徉在花海中的人们，不知道会不会想起一个关于将军与梅花的故事。

爱你，就是甘愿连根拔起，和你站在同一片土地上。

学会爱：

虽已不常见，还是会偶尔看到关于"远嫁"的讨论。说实话，我对这个词一直保持着疑惑。这个"远"字，究竟是以什么距离作为标尺的呢？

远嫁，实际上是一种很古老的说法，产生于交通不便、社会制度不完善、女性缺乏独立意识、没有自立能力、依附于父权和夫权的时代。

这个词里包含的某种认知局限，很多时候，大大超越了单纯的地理距离的讨论。而这，才是让人感到"有哪里不对"的原因。

姑娘，当你明白你真正属于自己，明白与父母彼此独立，明白选择城市是你的自由和能力，而不是被动和牺牲的时候——恭喜你，你已经是个心智独立，魅力十足的女子。

蔡元培 / 新旧婚姻相对论

婚姻中,有一个著名的案例叫作"牙膏事件"。

丈夫习惯从中间挤牙膏,把牙膏皮捏得乱七八糟;妻子呢,习惯从尾部挤,努力保持外观的整齐。于是两人都觉得对方讨厌,情绪从压抑到爆发,甚至导致婚姻解体。

这个案例,日本作家渡边淳一讲过,好莱坞大片《史密斯夫妇》,表面上是谍战片,子弹匕首满天飞,实际上隐喻了同样的意思,那就是:琐碎的日常生活,是压垮婚姻这头骆驼的所有稻草。

如此经典的婚姻议题,有没有解决方法呢?

有!

民国教育大师蔡元培先生,就曾经面临同样的烦恼。

如今,在上海的一处里弄故居,可以看到一座黑底镶金的蔡元培半身雕像,上面镌刻着毛泽东的题词:"学界泰斗,人世楷模"。

他历任中华民国首任教育总长、北京大学校长、中央研究院院长,得到了民国时代几乎所有学者的敬重。林语堂说:"论启发中国新文化的功劳,他比任何人都大。"

世人铭记最深的,是蔡元培自1916年担任北大校长后,以"思想自由，兼容并包"的气魄，创造了一个崭新的北大，从此树立了中国现代大学的新理念、新精神。

他的一生，被称作大师、完人和斗士。他的婚恋故事，也巧合地走过了一条开启新观念的路程。

1889年，浙江绍兴，二十一岁的"学霸"蔡元培奉父母之命，与从未见面的王昭，举行了蒙着盖头的传统婚礼。

这是一次不折不扣的旧式婚姻，但旧式的外衣下，还包裹着新式的烦恼。

这些烦恼和"牙膏事件"类似，同样是婚姻中无尽的琐碎。王昭来自名门望族，一进家门，就制定了许多规矩，例如座席和食具，不准随意触碰；每样物品，都有严格的摆放方式；每天就寝前，蔡元培必须仔细地擦拭头发。

在一场包办婚姻里，遇到一个洁癖妻子，简直就是"屋漏偏逢连夜雨"。蔡元培一直是个大大咧咧的人，面对规矩重重的王昭，他想出了一个绝佳的解决办法，那就是：耐心配合。

是的，配合。王昭定下的大规矩小手册，他全部照办，并不多说一句。由此可见，蔡元培分明是被王昭"旧式"了。但这何尝不是一个胸襟开阔之人，对妻子的大度与包容。

这终究是一场没有感情基础的婚姻，婚后几年，他们最多只能算是相敬如宾。有一天，他对王昭说："你能不能不要叫我老爷，也别叫自己奴家，我听着别扭。"

王昭心不在焉地回答："好的老爷，奴家叫惯了，一下改不过来呢。"

他又好气又好笑。

可这是自己的妻子，是要一辈子在一起的人，蔡元培决心做出改变。

当时，蔡元培得中进士，任职翰林院编修。可甲午战争的落败深深地刺激了他，他大量接触西学，最后辞去翰林，弃官南下，回到家乡绍兴创办中西学堂。

日常生活中，他给妻子讲述西方的平权观，态度愈加关爱。王昭身体不好，无论工作怎样繁忙，他都会亲自陪她去医院。1898年，第二个孩子出生，喜悦之余，蔡元培拿出钻研学术的劲头，要进一步改善两人的关系。

他撰写了一份简单易读的《夫妻公约》，涉及夫妻相处、家事处理、子女教育等，感觉就像是对王昭旧日家庭手册的一次逆袭。

王昭也一一施行起来。她不再缠足，不再迷信鬼神，思想开通了很多，对丈夫的"家庭新规"表示非常赞同。

蔡元培告诉好友："伉俪之爱，视新婚有加焉。"

用"科学的方法"，把一段旧式婚姻过成新婚般甜蜜，可算是以后蔡元培治理北大的小试身手。蔡元培认为，婚姻中再大的桎梏也可打破，机构里再多的弊病也可肃清——只要你真的决心去做，找对方法，再坚持。

不幸的是，就在两人感情越来越亲密的时候，王昭染病身亡。

十几年的相伴，两个孩子尚幼，蔡元培无限哀恸。他为王昭写下祭文挽联，称赞她有"超俗之识与劲直之气"，自己"不堪遗恨竟终身"。第一段婚姻，凄恻落幕。

这一年，蔡元培三十二岁。他向往民主政治，呼吁教育救国，认为只有培植人才，才能从根本上让国家强大。

他积极宣扬新学，担任上海澄衷蒙学堂首任校长，后又受聘于南洋公学，在江浙一带已非常知名。

他的婚姻大事自然备受关注，还在绍兴时期，提亲续弦的媒人就踏破了门槛。蔡元培不堪其扰，写下一张《征婚启事》张贴于书房墙壁，五个条件清晰醒目，分别是：

一、女子不缠足；二、需识字；三、男子不得纳妾和娶姨太太；四、丈夫死后妻子可以改嫁；五、意见不合可以离婚。

现在看来，这实在是最基本的认知。而在刚刚迈入二十世纪的中国，"不缠足""改嫁""离婚"等字眼，可谓触目惊心，把大家全都砸蒙了。

蔡元培这才求得一个清静，也再次意识到整体国民观念的混沌。教育救国，任重而道远！

《征婚启事》吓退一众人等之后，1901年夏，一幅画，定下他与黄仲玉的情缘。

字画缘，在中国传统的爱情故事中，是一种经典模式。其实这也是一种必然，在异性交往远远不够自由、深受束缚的时代，能够由字画生情，已是最美好的一种爱情萌芽方式。

一次，蔡元培在一个朋友家看到一幅工笔画。其笔法娟秀，题词极有功力。朋友介绍这幅画的作者，竟然是一位女子。她叫黄仲玉，自小随父宦游，喜爱丹青。开明的父亲反对女儿缠足，支持她学画。黄仲玉天资聪颖，诗书画均有心得，她笔下的兰草与菊花，韵致非常，是大家公认的才女。

这幅画让蔡元培非常欣赏，甚至在没见到黄仲玉本人时，就已认定了她。1902年元旦，情投意合的两个人，举行了一场别开生面的婚礼。

这场婚礼，巧妙结合了传统与新潮，开一代风气之先。

他们摒弃当时婚礼要挂三星图的习俗，而是用大红幛组成了"孔子"二字，以显示尊重文明和教育。闹洞房也被取消，换成一场小型演讲会。来宾可针对男女平等、自由婚姻等问题，尽情发表意见。

演讲会由蔡元培压轴，他最后说，夫妻二人，"就学行言，固有先后，就人格言，总是平等"。

全体鼓掌。

他们给社会以新观念的启发，也从此开始小家庭的幸福生活。婚后，蔡元培与蒋智由等人在上海创办中国教育会，创立爱国学社、爱国女学，黄仲玉则任爱国女子小学教师。二人志同道合，感情融洽。

他创办报纸，投身革命，秘密组建光复会，受孙中山委托任同盟会上海分会会长。为逃避当局侦讯，他辗转于青岛、日本、绍兴、上海，境遇艰险。黄仲玉则始终追随丈夫的脚步，给予坚定的支持。

1907年，黄仲玉带着孩子们随蔡元培至德国留学避难。

四年时间，蔡元培完成了《中国伦理学史》等一大批论著。在莱比锡大学，他们一起去拜访历史学教授兰普来西，蔡元培专门赠送了一幅黄仲玉亲绘的《岁寒三友图》，其精美别致，令教授赞叹不已。

1912年，蔡元培就任民国教育总长，颁发《大学令》《中学令》；1913年，因不愿与袁世凯政府合作，他再次流亡欧洲；1915

年，他组织发起华法教育会，帮助周恩来、邓小平等大批青年人留学欧洲。

1916年，蔡元培回国，担任北京大学校长。

两人相伴十几年，虽总是奔波流离，但非常和睦相爱。黄仲玉专心教养子女，打理家庭，让丈夫无后顾之忧。女儿蔡威廉在母亲的精心培养下，后来成为著名的油画家。

黄仲玉自己，却和国学大师陈寅恪的夫人唐篔一样，未能深耕本身的才华。今天的我们，没有站在价值高度进行评判的权利。特定的年代、桎梏的社会、动荡的生活，是太多黄仲玉、唐篔们做出选择的深层背景。

1920年，就在蔡元培为改革北大呕心沥血之际，黄仲玉突发疾病，在一家法国医院病逝。

当时，蔡元培正在赴欧洲考察的途中，他们的婚姻，刚要抵达第二十个年头。黄仲玉的去世，对已近暮年的蔡元培造成沉重的打击。他在《悼亡妻黄仲玉》一文中写道：

"自汝与我结婚以来，才二十年，累汝以儿女，累汝以家计，累汝以国内国外之奔走，累汝以贫困，累汝以忧患，使汝善画、善书，为美术工艺之天才竟不能无限发展，而且积劳成疾，以不得尽汝之天年。呜呼！我之负汝如何耶！"

字字含泪，无限追思。

与此同时，蔡元培正以强烈的使命感，改造北大。

北大的前身是京师大学堂，在蔡元培接手之时，几乎是一座专事钻营的官僚养成所。刚接到任命，就有朋友劝告蔡元培，让他拒绝这个"烫手山芋",以免"清誉受损"。

但蔡元培选择拿起手术刀,他说:"自今以后,须负极重大之责任,使大学为全国文化之中心,立千百年之大计。"

1917年1月4日,他正式到北大视事,决心要重建一个国家的"大学精神"。

他矫正学风,实行教授治校。为了培养学生的研究兴趣,他组织成立各类研究学会。他组建消费公社、学生银行、平民学校、平民讲演团,兴办《新潮》等杂志,让北大面貌焕然一新。

他不持门户之见,网罗众家,造就了近代教育史上最为人称道的"思想自由、兼容并包"的学术局面。在北大教授里,你可以找到各类党派和学派,他均择善如流,绝无偏袒。

陈独秀说:"这样容纳异己的雅量,尊重学术自由思想的卓见,在习于专制、好同恶异的东方人中,实所罕有。"

他同样有铁腕的一面,坚决罢黜不合格教员。有一个被辞退的英国教员,搬出驻华公使来谈判,公使叫嚣:"你是不要再做校长的了!"他根本不予理睬。他在北大正式招收女生,开我国公立大学招收女生的先例。他从来以学生利益为重,但遇到无理滋事,也毫无惧色。五四运动中,蔡元培大力保护和营救学生,哪怕当时有刺杀他的传闻,也毫不犹豫。

在他的努力下,北大从学术到精神,成为现代大学的典范。

对北大,他倾注了全部的心血和智慧。日渐衰老的他也需要一个稳定的家庭,五十五岁时,他结识了三十三岁的周峻女士。

周峻英文专业毕业,她倾慕先生的人格与思想,他欣赏她的修养与学识。1923年7月,他们在苏州留园举行了婚礼,缔结了蔡元培最后一次美满婚姻。

这一次，完全是新式婚礼的模样了。

他们一起在留园拍摄婚纱照，蔡元培在婚礼上，发表了一篇"我们以爱情为结合"的宣言，给朋友们讲述了他们的恋爱经历。婚后，在周峻的描摹作品《蔡元培半身像》中，他深情款款地题了一首诗："唯卿第一能知我，留取心痕永不磨。"

从未曾谋面的红色盖头，到心有灵犀的字画情缘，再到自由新派的白色婚纱，他的婚姻之路，巧妙呼应了时代与民众观念的变化。

1940年3月5日，七十二岁的蔡元培在香港病逝。他一生清廉，死后未曾留有一屋一瓦。周恩来的挽联说："从排满到抗日战争，先生之志在民族革命；从五四到人权同盟，先生之行在民主自由。"

知行合一，贯穿了蔡元培的一生，也贯穿了他的三段婚姻。

与王昭的旧式姻缘，他以包容引导，过出了新婚伉俪般的甜蜜；与黄仲玉的心心相印，他以赞美欣赏，度过了彼此最宝贵的年华；与周峻的相识相知，他以真挚平和，携手了最后的美好时光。

1922年，他曾邀请爱因斯坦来北大讲述"相对论"。由于种种原因，爱因斯坦在最后一刻未能成行，蔡元培一直引以为憾。可他的婚恋故事，本身也像是相对论的一个爱情注脚——只要有爱，新旧与否，并不重要。

真诚、宽容、改变，是蔡元培缔造好婚姻与新北大的全部秘密。

学会爱：

蔡元培的三段婚姻，最难能可贵的是他与王昭。

父母包办、没有感情基础、日常生活束缚，任何一条都可以是放弃的理由。

但他的做法是：积极行动，用具体的方法，改善两人的关系。

好的婚姻，其实就是彼此感到舒服的相处。如果说爱情"虚无缥缈"，相处方式则是一个个具体的"牙膏事件"，可以看见，可以改善。

相处得不错，婚姻满意度就高，心情就愉悦，感情当然就可以持续保鲜，甚至重新生发。

所以，一场美好的婚姻，让我们从轻松、自由、愉快的挤牙膏开始吧。

梅贻琦 / 那一场清华往事

清华大学有一个颇具诗意的代称——水木清华。"水木清华"是清华园内的一处典雅胜景，这四个字，取自东晋谢混《游西池》的一段话："景昃鸣禽集，水木湛清华。"

寥寥数语，美妙而清澈。

被誉为清华"终身校长"的梅贻琦先生，他的爱情故事，正如这诗句一般，清亮绵长。

1930年6月，清华小礼堂内，国民政府刚任命的新校长乔万选，正在与清华师生们交涉。

一个小时之后，乔万选走了出来，签下"永不任清华校长"的承诺书。

从1928年开始，清华几任校长走马灯似的轮换。这一次，清华师生们再次否定了这位官方指派的校长。他们期待一位真正热爱清华的校长，冀望一个独立和自由的清华。

这个局面，一直持续到1931年，梅贻琦被正式任命为清华校长。

按现在的说法，梅贻琦并不是"空降"的高管，而是一步一步在清华大学中成长起来的。在清华，他历任学校教员、物理系教师、教务长等职，收到校长任命时，他正在美国担任清华大学留美学生监督处监督。

12月3日，清华园内，他向已有十个月没有校长的清华师生，发表了著名的就职演讲："大学者，非谓有大楼之谓也，有大师之谓也。"

所有的人都盯着梅贻琦，他会像前几任那样，很快被师生们赶下台吗？

答案是：此后十七年之久，他一直担任清华校长。

梅贻琦一生服务清华，他创造了清华大学的黄金时代。

他延续前辈蔡元培先生"兼容并包、学术自由"的教育思想，认为这是"昔日北大之所以为北大，而将来清华之为清华"的根本所在。他倡导全人格教育、通才教育，不到十年，让清华在世界教育史上声名鹊起。

谁能想到，校长梅贻琦在二十六岁初进清华担任教师时，因不善言辞，曾考虑辞职。

老师张伯苓知道后，教训他："年轻人要忍耐，回去教书！"

被称作"寡言君子"的他，晚年对夫人韩咏华说："这一忍，一辈子下来了。"

韩咏华笑了，当初和梅贻琦订婚，最好的朋友也曾跑过来警告她："梅贻琦可是很不爱说话的啊。"韩咏华回答："豁出去了，他能说多少是多少吧。"

就这样，梅贻琦和清华捆了一辈子，她和梅贻琦捆了一辈子。

她和梅贻琦的故事，源自童年。

梅贻琦出身于书香门第，因家道没落，生活穷困。但父亲坚持子女都要接受教育，1904年，他进入天津严范孙创办的严氏家馆。

那一年，韩咏华也进了这里的严氏女塾。她十岁，他十五岁。

韩咏华喜欢打扮成男孩子，穿长袍坎肩，戴帽子，是个活泼的小女生。当时，男生和女生分处两个学堂，大家共用一个院子。女生上体育课的时候，就要把通向男生院落的门关上。

这个开门关门的任务，落在年龄最小的韩咏华身上。

跑来跑去中，她熟悉了男生院里的几个身影，尤其是沉稳内敛的梅贻琦。在家里，她听母亲提起过他，据说他家连玉米面都只能吃得半饱，他却是学堂里成绩最优异的学生。小女孩的心里，对这个身影充满了崇敬。

梅贻琦会注意到那个戴着帽子，蹦蹦跳跳的小女孩吗？应该是没有的。

少年为学业付出了全部努力。几年之后，梅贻琦报考首批庚款留美生，在630名考生中，以第六名的成绩被录取。

1910年，梅贻琦进入美国武斯特理工学院，攻读电机工程专业。为尽快帮助家庭，他放弃了攻读硕士的机会。1914年，他与出国考察的严范孙先生同船回国，很多严氏家馆的学生，都去大沽口码头迎接先生，韩咏华也在其中。

此时离他们的少年时代，正好十年。

这期间，韩咏华读完幼师，开始工作。昔日的好动小女生，变成了端庄安静的淑女。人群中，她一眼就看到了梅贻琦，他温和地笑着，让她一下子想到"温润如玉"这个词。

在民国大师级人物中，梅贻琦可能是最适合用玉来形容的人。

无论是性情举止，还是处事态度，他从来不疾不徐，沉稳端方。在他清冽冷静、无为而治的态度下，深藏的是另一番掂量和坚持。正是这种沉着气度，让他之后带领清华稳稳前行。

回国之后，梅贻琦肩负起长子的责任，坚决不考虑婚事。直到弟弟们相继读书工作，家境有所好转，才将婚姻提上日程。

在这几年中，他和韩咏华因为基督教青年会的一些工作，相互结识。有一天，周围的人像是突然发现了闲置的他俩，于是大家行动起来。

同学们为他们组织了一次"相亲饭局"，小时候的懵懂少年，如今的欲言又止，梅贻琦全程只是脸红和微笑。之后，他给韩咏华写了一封求婚信。可寡言少语的他，这封信也写得惜墨如金。

韩咏华拿给父亲看，父亲撂下一句话："不理他。"

由此想到清华大学教授吴文藻，当梅贻琦提笔补诗"冰心女士眼力不佳"的时候，可否知道他笔下戏讽的这位夫婿，曾专门给冰心父母写了长达五六页的信，一举攻克岳父岳母。

而当时的梅贻琦没得到任何回音，他着急了，又补写了一封。结果，这封信得到了韩父的表扬，夸他写得还不错。

于是在1918年，他们正式订婚。

这一年，梅贻琦三十岁，韩咏华二十五岁。小时候对大哥哥的仰慕，终于在十五年后，成为甜蜜的姻缘。有趣的是，当她的同学陶履辛得知消息时，赶紧跑来告诉她梅贻琦太过沉默寡言，让她斟酌。她按捺住心里的欢喜，说，"豁出去了"。

这哪里是豁出去，分明是一头扑进了爱情的蜜罐。

她当然知道梅贻琦的性格，了解他贫寒的家境。但千金难买心头好，十五年前她就开始喜欢他了。她知道，他是难得的璞玉，优雅的君子。

嫁给小时候就仰慕的大哥哥，是每一个小女孩的梦想吧？韩咏华做到了。但嫁完之后，梦想就变成了真实的生活。

当时，梅贻琦是清华学校的物理教师。他们租住在一个狭窄的小院，离清华园很远。为了不耽误教学，梅贻琦平时住在学校，两人周末才能团聚。婚后第一年，女儿出生。第二个孩子还在腹中的时候，他取得了去芝加哥大学深造的机会。

她全力支持他，自己留在国内，独自生产，抚育小孩。

两年后，他取得工程硕士学位回国，一家人这才搬进清华园安定下来。简单明亮的爱情故事，如小溪汩汩流淌，清可见底。

老照片中，梅贻琦通常是一身中式长袍，一副圆形眼镜，面容清秀英俊。笑起来的时候，嘴角抿得很紧。

是的，他极其沉默寡言，但这背后却是深思熟虑和一言九鼎。关键时刻，他总能提纲挈领，做出最合理的决断，再坚决执行。

国学大师陈寅恪说："假使一个政府的法令，可以和梅先生说话那样谨严，那样少，那个政府就是最理想的。"

他的刚柔并济与恪尽职守，得到了所有人的认可。1931年冬天，四十二岁的他成为清华大学校长。

但这位校长对韩咏华来说，和以前别无二致。

她习惯了他的清廉节俭，在华盛顿任留学生监督长的时候，为了节省学校经费，他辞掉司机，自己学开车。他还辞掉钟点工，让夫人做饭。所以，清华校长配备的车，韩咏华和子女最多只能顺路搭个便车。校长住宅享受的特权，如佣工薪水、电话费，以及每月免费供应的煤，梅贻琦要求全部自付。他说："款项有限，这是个观念和制度的问题。"

就像当初嫁给他时一样，他的微薄薪水要分成三份，一份给父母，一份给上大学的弟弟，一份再给家里。

所有这些，韩咏华并没有觉得有哪里不妥。

这案例要是放到现在，怕是早在论坛上吵翻了天，梅校长可能还有被称作"凤凰男"的危险。但不同的人，对人生的判断和抉择，是不一样的。

君子如玉，哪怕清贫，但清洁清亮，哪怕艰难，但无愧无悔，这是梅贻琦终生的品格。韩咏华也是一样，她爱的是梅贻琦的善良、勤奋和端直，他从来就是她心目中最淳朴、最珍爱的一块玉。

也许会有"成熟"的人，摆出一桌子关于"现实和生活"诸如此类的话题，这些也不无道理。但事实常常是，两颗单纯的心，最后往往会拥有圆满的爱与婚姻。人生的馈赠与失去，从来都很公平。

生活的艰难，在抗战时的西南联大达到顶峰。三所大学联合时，由于北大校长蒋梦麟和南开校长张伯苓在重庆另有职务，清华校长梅贻琦便成为西南联大实际上的执行校长。

这一时期，他以独特的领导风格和个人智慧，让西南联大在战时的复杂环境中，求同存异、同舟共济。他带领中国高等教育跻身世界先进水平，成为近代教育史上的一个奇迹。

战乱中，他们的生活非常清苦。在梅校长家里，辣椒拌饭是常态，菠菜汤成了珍馐美味。为了补贴家用，韩咏华和其他教授的太太们组成"互助组"，有的织围巾，有的做点心。她的手很巧，用一个银锭形状的模子做成糯米糕，再步行四十五分钟，寄放到"冠生园"食品店售卖。

为了清华大学和梅贻琦的面子，她从来只告诉店家自己姓韩。

教授们来家里议事，韩咏华就端出糕点招待。大家为其取名"定胜糕"，意为抗战一定胜利。

校长夫人卖糕，成为西南联大艰苦岁月的缩影。

温润如玉，除了是谦谦君子，也在于他是个温暖的丈夫、和蔼的父亲。

对待子女，他从来和颜悦色，但一些基本的规则不能打破。这种自由又有界限的教育，让他在孩子们心中，比母亲更有威信。

1946年，小女儿梅祖芬报考清华落榜。他温言安慰，但恪守准则，最后女儿上了其他大学。这件事，也让其他为子女登门求情的人从此噤声。

他种花，忙里偷闲时松土拔草，不亦乐乎。有一次韩咏华生病了，他特意剪下一束花，放在夫人床边——沉默的校长也有小小的浪漫。

他唯一以校长身份对韩咏华开的后门，是允许她去旁听陈福田的英语、钱稻孙的日语和金岳霖的逻辑学，条件则是必须坚持学到底。他以这般静水深流的态度，表达着对家人深沉的爱。

"生斯长斯，吾爱吾庐"，清华园成为梅贻琦一辈子的牵挂。

他以自己每一步的斟酌与谨慎，换得清华的前进。这一时期的清华，为世界储备和贡献了诺贝尔奖获得者，为中国培养了功勋卓著的科学家，涌现出太多文理领域的学者与大师。

1948年，为了保护清华庚子赔款基金，梅贻琦去了台湾。1950年，梅贻琦赴纽约继续管理清华基金，薪水微薄。其间，他回到台湾新竹，创办了清华原子科学研究所。

1962年，梅贻琦病逝于台大医院。

韩咏华知道，清华在丈夫的生命中，占据着何等重量。1978年，八十四岁高龄的韩咏华，从美国回国定居。

邓颖超亲自接待了她，她被特邀为全国政协委员，在北京落叶归根。每当北京城暮色四合的时候，满头银发的韩咏华，就会静静凝望清华园的方向。

她想起梅贻琦，想起他们第一次相遇的院落，想起在大沽口码头的重逢，想起女儿出生时的快乐，想起他在昆明校舍下微笑着走来。这么多影像，最后重合，重合成他清晰的脚步，一直走到清华园，走到她身边。

她很欣慰，她回到了清华，为梅贻琦圆了一生中最后的梦。

学会爱：

如何判断一个男人的本质？也许他外在的物质条件和一时的拼搏向上，并不是最好的标尺。

端正的人品、坚定的理想、开阔的胸襟、丰富的内心，才是一个人的真实质地。

拥有这些品质的人，无论平凡或富有，顺境或逆境，他都不会对家人轻言背叛，不会让自己随波逐流，不会失去对生活的判断和热情。因为他有充盈和笃定的内在，而不仅仅依靠物质或野心的刺激。

这样的男人存在吗？答案是至少存在过。比如梅贻琦，一位真正的君子，温润如玉。

陈寅恪 / 等到你，晚一点也没关系

自黑自嘲的标签里，"单身狗"是一个热门词。现在，相亲已成为很多年轻人重要的日程安排，见到的人多如过江之鲫。可大家都说，很难遇见怦然心动的人。

为什么呢？答案五花八门。

有的说对方太年轻了，有的嫌对方不年轻了。有的说，她太现实，有的说，他太不务实。总之一句话，遇不到那个对的人。

那么，你愿意为了"对的人"继续等下去吗？

当三十八岁的陈寅恪，遇见三十岁的唐筼，他们立刻明白多年的等待是值得的——眼前的人，对了。

国学巨匠陈寅恪，其学问之高，被誉为百年难遇的人物。

他集历史学家、古典文学研究家、语言学家、诗人于一身，从哈佛大学归国后，他受聘于清华大学，因为学识太过惊人，被称为"教授之教授"——他讲课时，的确有很多教授也来旁听。

1926年，他与梁启超、王国维一同受聘为研究院导师，并称"清华三巨头"。这一年，他才三十六岁。

但三十六岁的陈寅恪，受到父亲的严厉斥责。

因为，他还没有结婚。

三十六岁成为最博学的人，他的确非常厉害。但三十六岁还不结婚，即使是现在的中国，再有克制力的父母怕也是坐不住了，何况是在民国。

陈寅恪出身名门，父亲陈三立也是饱学之士，被称为维新四公子之一。他一手开办了思益学堂，倡导新式教育。陈寅恪深厚的国学基础，得益于陈家几代的家学渊源。面对二十余年一直潜心钻研的儿子，这位父亲从好言催促，终至严重警告，撂下话来："尔若不娶，吾即代尔聘定。"

对比其他一言不合就包办儿女婚事的家长们，陈寅恪算是幸运太多了，他这才稍微积极行动起来。

婚姻耽搁至今，除了一心求学，更因为他对爱情有着一番独特的见解。

年轻时，他曾在一次聊天中，把爱分成五个层次。第一层是最伟大的爱，"世无其人，悬空设想，而甘为之死"，有点类似杜丽娘对柳梦梅。在他的这个爱情架构中，白头偕老的美满夫妻，只能算作是第四层。

这个看似奇特高蹈的爱情设计，与他一生奉行的"独立之精神，自由之思想"，如出一辙。对爱情，他有着十分理想和纯粹的渴望。其实，命运已悄悄在唐筼的一幅墨宝上，为他的爱情埋下了伏笔。

这个伏笔，就像是专门为学富五车的陈寅恪准备的。他和唐筼将传统文化中的"字画缘"，再次演绎出经典的浪漫。

唐筼的祖父，是甲午战争时期的台湾巡抚唐景崧。后来她随伯母生活，在并不富裕的生活环境里，靠教书努力积攒学费。她有自己的学业和生活规划，并不认为早早出嫁，就是女人唯一的出路。

她考入上海体育师范学校，毕业后回母校担任体育主任。接着又考入南京金陵女子大学体育系本科，毕业后受聘到北京女高师。她在艺术上极有天分，书法、绘画、古文诗词，都颇有造诣。

唐筼就这样以"新女性"的形象，蓬勃生长着。虽然已近三十岁，但没遇见合适的人，她情愿独身一人。这可是在差不多百年前的中国，对比现在很多才二十出头，就心情焦虑的女子，唐筼可算是真正的先锋女性。

与此同时，在清华大学空白着的陈寅恪，也是一个不折不扣的大龄青年。

一天，陈寅恪的好友，说起自己女友的义姐家中，有一幅很特别的字，署名南注生，他请教陈寅恪南注生是谁。陈寅恪听了，喜出望外，说："这位女子一定是唐景崧的孙女。"

以他的学识，当然知道南注生是唐景崧的别号。他一直非常钦佩这位曾引领台湾抗击日本的爱国将领，奇妙的缘分，引领他走向了唐筼。不解风情的木讷教授，第一次提出要去观摩南注生的那幅字，并拜访其后人。

朋友们鲜见他如此主动，忙不迭牵线搭桥，积极安排。在一个春日的周末，陈寅恪与唐筼第一次见面了。

"惊见神仙写韵人"，陈寅恪在他的《诗集》中，如此描写他第一次见到唐筼的感觉。

唐筼温婉宜人，谈吐优雅，两人相谈甚欢，话题完全在同一频道。陈寅恪既惊讶又惊喜，常年埋头治学的他，一改往日"我希望有个家，但不想成家"的消极论调，开始频繁邀约唐筼。

他们像当时的年轻人一样，在中山公园约会、赏花，也会无所事事地逛个街，买东西。两个感情世界空白，却阅历相似、话题相投、性情相契的大龄青年，终于等到春意迟迟缓缓归，双双坠入爱河。

喜结连理，再顺理成章不过。

1928年7月，三十八岁的陈寅恪与三十岁的唐筼，在清华园举行了结婚仪式。

在单身世界里自得其乐的两个人，结婚之后，做学问的仍痴迷于做学问，唐筼则从诗情画意中，匀出一份人间烟火气。如同她一手漂亮的簪花小楷，她过起日子来，同样妙手慧心。

陈寅恪来自一个大家族，有着各路姑嫂兄舅，远房亲戚。中国式婚姻，如何成功融入对方家庭是一大功课。唐筼以她的成熟和善良，处理着复杂的家族人际关系。

他们接来老父亲陈三立颐养天年，并让孀居的大伯母带着孩子，一并北上照顾。平时，他们和女儿们居住在西郊清华园，周末就进城与姚家胡同院落的父亲相聚。她勤俭持家，每月的收入除家用之外，再拿出一半交给大伯母，以担负姚家胡同的家。另外，还想办法省出钱来，给陈寅恪买书。

女儿们说，祖父在世那几年，最是其乐融融。家里经常晚辈云集，绕于膝下，充满了大家庭的热闹和欢乐。

唐筼以难得的胸襟和智慧，巧手打点着这一切。婚后，他们先后生了三个女儿，取名为陈流求、陈小彭、陈美延。流求和小彭的名字，都和台湾相关，以纪念家族与台湾的渊源，还有他们的爱情起源。

最初，他们之间的爱充满了审美意趣和生活情趣。唐筼爱好园艺，在院落里种满桂花和月季。陈寅恪则种上腊梅，冬天里零星几朵，就沁香无比。

她亲手缝制客厅的窗帘，将花鸟图案嵌在白色的土布上，别有风致。陈寅恪的书桌被安放在阳光最充足的南窗，小孩子从小被嘱咐，不许去爸爸的书房捣乱。他去清华大学上课，每次带不同的线装书，唐筼就准备好不同颜色的包袱皮，分门别类，清晰又美观。

唐筼写得一手好字，其娟秀小楷，连祖父都赞叹不已。她把毛笔字写在硬纸板上，制作成卡片，亲自教女儿识字。陈寅恪带女儿去圆明园看废墟，讲历史故事，去公园看牡丹花，教她们背《长恨歌》《琵琶行》。

在这场迟来的爱情里，他们诗词唱和，种花读书，教养子女。唐筼兼具新式女性的学养与传统女性的贤惠，可以说，她是陈寅恪一生中最幸运的一次等待。

这种幸运，也是因为此后诸多的不幸。很多人说，后期的陈寅恪，之所以能够完成传世之作，甚至之所以能够生存下来，都是因为他有唐筼。

为了照顾家庭和支持丈夫，唐筼选择放弃了自己的事业。陈寅恪常对女儿们说："妈妈是主心骨，没有她就没有这个家，所以我们大家要好好保护妈妈。"

但在时代风云中，个人遭际常常无法预测。

抗战期间，与众多知识分子一样，他们踏上了流亡之路。当时最小的女儿美延才出生四个月，唐筼又在产后患上了严重的心脏疾病，不得不转往香港治疗。陈寅恪单独奔赴西南联大任教，家人离散，生活窘迫。

1939年，他收到英国牛津大学聘书。因第二次世界大战爆发，全家又滞留在了香港。1941年，太平洋战争爆发，香港被占，日本以"日币四十万元强付寅恪办东方文化学院"，陈寅恪严词拒绝。

全家再次逃离香港，历经曲折最后到达成都。颠沛流离中，医疗的匮乏加辛苦的工作，导致陈寅恪眼疾加重。

1945年，因视网膜脱落，陈寅恪双目失明。

后来，牛津大学邀请他去英国治疗，可惜仍无力回天，失明的陈寅恪坠入巨大的精神哀痛中。

陪他渡过这一难关的，是强撑病体的唐筼。她竭尽全力鼓励目盲的丈夫，照顾全家的生活。因为她的支持，陈寅恪最终以惊人的毅力，在战时完成了《唐代政治史论稿》等多部著作。一笔一毫，都浸染着他们共同的心血。

女儿回忆："母亲除照顾失明的父亲的生活起居外，还担负起书记官的任务，随时记录父亲要写的书信、诗作等。"

直到1952年陈寅恪拥有稳定助手之前，唐筼一直在帮助丈夫查资料、找文献、记笔记、通信函。陈寅恪将妻子看成唯一的知己，每部著作，都要她题写封面，称赞她"织素心情还置酒，然脂功状可封侯"。

可岁月的残酷没有停下脚步，1962年，失明的陈寅恪不幸摔断右腿股骨，从此长卧病榻。

面对生活中一个又一个的打击，一般的女性早已心力交瘁，可看似柔弱的唐筼，继续撑了下去。她平静地倾听丈夫内心的痛苦，默默鼓励他。没有唐筼，很难想象陈寅恪如何度过心灵的煎熬。

有唐筼在，生活就有希望和光亮。在她和助手黄萱的帮助下，陈寅恪编撰写作《寒柳堂集》《金明馆丛稿》，以及《柳如是传》《寒柳堂记梦》。黄萱曾十分感慨："寅师以失明的晚年，不惮辛苦，其坚毅之精神，真有惊天地、泣鬼神的气概。"

傅斯年曾说："陈先生的学问，近三百年来一人而已。"

这"一人而已"的背后，有着唐筼全部的付出。

有时候想，爱情之于女性，究竟意味着什么呢？她可以为之付出事业、健康，乃至生活的所有代价。女性的爱，有时就像一种无声且柔软的爆炸，没有人知道它的力量，究竟能有多大。

小女儿陈美延曾说起这样一幕，抗战胜利后，清华大学校庆，一群清华女生以"妇女如何为社会做贡献"为题，采访一些师母。唐筼实话实说道："妇女为家庭做出贡献，也很重要。"

一个伶牙俐齿的小女生，当场反驳："人生的价值，岂可安放在家庭这块狭小的天地？"

这当然是一句无比正确的话。

然而，越是正确的道理，越是简单又光滑。光滑到真实复杂的人生，往往没办法在这一两句道理上立足。

生活的艰辛，选择的两难，内心的挣扎，这些鲜活跳动的体验，比任何"道理"都更贴近你的生命。你要做的，只能是直面艰难，拥抱自己，撑过生活，而不是想着去证明一个个闪着光辉的"道理"。

唐筼与陈寅恪，在后期有许多令人潸然泪下的诗词唱和。那里面，是两个历经磨难的人，对生命的感悟和洞察。

有趣的是，唐筼常常用续诗和反转，将陈寅恪的情绪巧妙化解。

陈寅恪为妻子题诗："同梦葱葱廿八秋，也同欢乐也同愁。"唐筼则道："甘苦年年庆此秋，也无惆怅更无愁。"

陈寅恪追忆旧事："数椽卅载空回首，忍话燕云劫后尘。"唐筼续写："仙家韵事宁能及，何处青山不染尘。"

一唱一和之间，她心里涌动着的豁达、平静、温柔，是一个生命对另一个生命最好的抚慰。

1969年10月7日，在残酷荒谬的"文革"岁月，七十九岁的陈寅恪受尽心灵和病痛折磨，溘然去世。唐筼平静地安排着后事，最后说："料理完寅恪的事，我也该去了。"

仅仅四十五天之后，唐筼病逝，追随寅恪而去。

"回首燕都初见日，恰排小酌待君来"——这是晚年的唐筼，为陈寅恪生日所做的诗句。历经一生艰辛，她仍对丈夫充满欣赏与情意。

四十多年前的院落，她栽桂花，他栽腊梅。如今，人已消失，唯有花树静静绽放。庆幸在生命中，我终于等到了你。

最好的爱情，值得耐心等待。

学会爱：

很想再探讨下那个小女生对唐筼的质问，她说："人生的价值，岂可安放在家庭这块狭小的天地？"

家庭，当然不是女性的终极目标，正如工作，同样不仅仅是作为家庭的对立面而存在。

真正的人生价值，来源于自我的拓展与行动的力量。

爱家庭，而不是退避的依附；爱事业，而不是肤浅的姿态。在办公室格子间里的百无聊赖，并不比将家庭打理得井井有条更高尚；同样，如果只是慵懒地躲在家庭的避风港，也不必揣摩和羡妒职业女性的风生水起。

要避免从一种偏见，走到另一种偏见。因为人生的价值，并不被家庭、工作、婚姻、爱情的形式所决定，一个真实努力的自己，才是所有的本质。

吴大猷 / 如何初恋50次？

有一部电影叫作《初恋50次》，女主得了一种短暂性失忆症，每到第二天早晨，就会把前一天的事情，忘记得干干净净。

于是，男主孜孜不倦，周而复始地，让女主在每一天都重新爱上他。他们就这样带着点难度地、幸福地生活了下去。

被称为中国物理学之父的吴大猷，和这个男生非常像。

他对待妻子的深情和心力，与这个初恋五十次的男主，有得一拼。

在李政道和杨振宁获得诺贝尔奖之后，他们同时提笔写信，要把这个荣誉献给自己的老师，吴大猷。

杨振宁说："他把新的、革命性的量子力学，带到了中国。"

他的学生名单里，还有诺奖得主李远哲，以及朱光亚、黄昆、朱汝瑾等一系列名字，全是科学界的引领人物和院士级别。

他的博士论文，影响了新原子发现的诺奖得主。他在西南联大时撰写的英文著作，一直是各国研究院的标准手册。

就是这样一位中国物理学之父，为了爱情，曾变身为养猪、买菜、摆摊、做饭的行家里手。

他的妻子，是他大四时遇见的小师妹，阮冠世。

如同岳灵珊之于令狐冲，吴大猷初见大一女生阮冠世，就被她的聪慧和灵动深深吸引。

那是1928年的天津，南开大学物理系。在一次院系活动上，吴大猷认识了一个瘦瘦的小女生。当得知她从小体弱多病，却始终顽强勤奋，成绩总是名列前茅的时候，吴大猷的"师兄情结"启动了"核爆"按钮，从此聚变了五十多年。

两人刚开始约会时，害羞的阮冠世，总是带着一大群不明就里的同学。大家一起吃零食，逛校园，谁都不知道这原来是一场浩浩荡荡的约会。后来大家明白过来，罚他们狠狠买了一个星期的零食才作罢。

阮冠世的家在北平，离天津很近。她常常带他回家，天气晴朗时，他们就去天坛公园游玩。这个憨厚的广东小伙子，得到了阮家人的喜爱。

爱情就像春天，吴大猷开心得在实验室都笑开了花。直到爱情之路上，第一个难关袭来。

身体不好的阮冠世，被查出患有肺结核。朋友们同情又惋惜，吴大猷对她更是关怀备至。他在宿舍里为她精心做文火炖牛肉，再亲自送到女生宿舍，风雨无阻。

在成为物理大师的路上，他首先成了"煲汤高手"。

可另一种言论开始出现。那时，吴大猷已经显露出了非凡的物理才华，许多人劝他慎重考虑婚姻问题。阮冠世自己也提出了分手，还导演了一出变心戏码，她不想拖累心爱的人。

可倔强的吴大猷对所有人说:"如果我不能和她在一起,我这辈子都不会幸福!"

如果说此刻的宣言,还带着年轻人的冲动和激情,那么在接下去的生活里,吴大猷对阮冠世的爱,完全变成了一种责任和理念。

爱情就像冲关打怪升级,接下来,他们一起去了美国。

1931年,吴大猷进入美国密歇根大学,阮冠世也拿到了另一所女子学院的奖学金。为了给阮冠世赚取医药费,吴大猷开始各种打工。他去餐厅洗碗,同时接受很多高强度的工作项目,常常在实验室一泡就是一个晚上,第二天直接去上课。

有情饮水饱,大师兄和小师妹处在热恋的甜蜜里。仅仅一年时间,吴大猷就拿到了硕士学位,又是一年,拿到博士学位。二十七岁的他,受聘成为北大教授。

然后,在那个特定的时代,他们迎来下一轮难关。

这一关,是吴大猷的母亲。她是一位标准的传统女性,丈夫早逝,她独自带着五岁的独生子,含辛茹苦将其养大。

所以当儿子流着泪,告诉她女朋友因为生病,没有生育能力的时候,她惊呆了。吴家的香火怎么办?自己怎么对得起死去的丈夫?她天天以泪洗面,遭到丧夫以来最大的打击。

吴大猷恳请母亲原谅——对的,是原谅而不是同意。因为他已下定决心,要一辈子照顾心爱的女孩。面对同事亲友的劝告,他的回答是:"没有她,再大的功名也没有幸福可言,结婚是我今生照顾她的唯一方式。"

最后,这位善良的母亲同意了儿子的婚事。

吴大猷是可以被称作"情圣"的一个。对阮冠世的爱，似乎变成了一个物理学准则，他冲破千辛万难，只为证明这一点。

1936年9月6日，由北大校长蒋梦麟作证婚人，吴大猷和阮冠世经过八年苦恋，终于结为伉俪。身边有心爱的妻子，还有安享晚年的母亲，他度过了一段其乐融融的家庭生活。

然而战争开始了，1937年9月，政府下令北大、清华、南开三校师生转移到湖南长沙。他劝说母亲和身体虚弱的妻子回到天津，自己一个人去长沙。

旅途艰辛，他和恩师饶毓泰夫妇，还有清华教授朱自清等，一起乘坐一艘小轮船。由于晕船不止，他中途在青岛下了船。巧合的是，刚下船，他就在拥挤的码头中，一眼看见了从另一艘船上走下来的阮冠世。

原来她也随后离家，执意去长沙与丈夫会合。

当时，只要稍一错过，他们就会在汹涌的人群中失之交臂。这次相逢太过"电视剧"，两个人在多年之后说起这件事，还是觉得很奇妙。也许相爱的人之间，总有种神奇的吸引和心有灵犀。人群中，他们激动地拉起手，决定以后无论多艰难，也不要再分开。

1938年初，三所大学迁往昆明，更名为西南联大，吴大猷和妻子回到熟悉的同事们中间。

从此开始艰险的岗头村岁月。

战争初期，联大教授们保持着乐观的心态，每个周六，吴大猷家里还会摆上一两桌桥牌。

从1940年秋天开始，日军对昆明的轰炸日趋密集，大家都搬到离校舍六七公里外的岗头村,每天步行往返两个多小时,鞋袜磨损极快。很多教授舍不得穿袜子,导致脚背磨破感染。西南联大的岁月,记载了当时中国最优秀的一群学者,如何坚韧达观地活着。

身体本就虚弱的阮冠世,和吴大猷艰难相伴度日。惊险的事情接踵而至,先是城里的家在空袭中被炸毁,然后是吴大猷搭马车上课途中,被撞昏迷。

他整整昏迷了一个多月,阮冠世照顾丈夫,又劳累,又担忧,等到丈夫好转之后,她就彻底病倒了。

她的病情很重,学校方面甚至开始为其准备后事。

但吴大猷没有放弃,刚刚恢复的他又反过来精心照料妻子,阮冠世最终挺了过来。出院之后,妻子需要卧床休息,吴大猷就承担起了家务、教学、科研、照顾病人的所有担子。

所有这些,几乎已经冲出了爱情所能承受的范围。苦难中,两个人除了爱,更多的是给予彼此生存的力量。

吴大猷此时变成了一个超人。

去上课,他总是带着一个菜篮子,课后就去菜市场,回家再给阮冠世做饭熬汤。

他还养了两只小猪,每天为了喂猪,都要大大地操持一番。

他学会了生炉子、洗衣服、做饭、盘算柴米油盐。抗战胜利后,为了筹集回北方的路费,许多教授太太都去摆摊典卖东西。吴大猷后来颇为得意地说:"在这方面,我是教授中最先出马的一个。"

即使如此狼狈不堪,吴大猷仍取得了令人惊讶的学术成就。

1940年,他用英语撰写的《多原子之结构及其振动光谱》一书，七十年代还在各国流传。另外还有论文十七篇，译著一部，还培养了学生李政道、杨振宁，后来获得诺奖，又培养了研究生黄昆，后来成为中科院院士。

一段爱，一个生命，如果陷入黑暗，有的会就此沉沦，有的却会散发光亮。这光亮也许很耀眼，可以照亮很多人，也许很微弱，只够身边的人取暖，但它们都值得珍视，它们是人们身上最值得尊重的品质。

保持着微弱的光，从艰难中相偕走出来的爱情，才真正具备生死契阔、执子之手的重量吧。

1946年，吴大猷被军政部借聘，派到美国研究考察。后来，国内局势骤变，派他出国的部门已顾不上他。当加拿大国家研究院对他发出邀请时，考虑到渥太华的气候对妻子身体有益，他接受了。

他们收养了一子一女，最后回到台湾，安享晚年。

这一场爱情，听起来，阮冠世像是世间最幸运的女子。她疾病缠身，无法生育，却让一个优秀的男人为她付出所有。从初识的力排众议，到一辈子的体贴入微，无论遭遇什么，他始终紧握着她的手，说："没事，我们来一起消灭这个困难。"

因为这个看似瘦弱，却始终迸发着顽强生命能量的女生，值得他爱。

吴大猷常常这样评价妻子："换成是我，可能早就放弃了，她却不是。"

这个历来坚韧不服输的小女生，不仅打败病痛，后来还和儿子一起获得硕士学位。1970年，六十岁的她又获得生物物理学的博士学位。

吴大猷陪她参加了毕业仪式，照片里，他们并肩站在阳光灿烂的草坪上。她穿着博士服，温婉优雅，一边的吴大猷一头银发，笑容满面。开心的他们，像是回到了多年前的南开大学，那时候，恰同学少年，他们那么年轻，满怀憧憬。

吴大猷说："那天她最高兴了，晚了几十年的证书，还是被她拿到了。"

这语气，和钱钟书对杨绛、冰心对吴文藻一样，满是赞美和"炫耀"。

拿完博士，阮冠世又无师自通地画起了素描和水彩，作品持续参展获奖，让吴大猷刮目相看。他不知道身边这个"小女子"，还藏着多大的惊喜和能量。

所以，他一直紧紧牵着她的手，在每一个困难的关口和她站在一起。爱情，不过是翻过一些山，跨过一些河，再一起抵达下一处未知的美好风景。有优秀的你在身边，再苦再累，都心甘情愿，都期待如饴。

中国科学院曾邀请吴大猷回国访问，重游北京时，他特意去了天坛公园。

那是他和妻子年轻时，经常游玩的地方。他记得有一次，阮冠世让他站在回音壁的一边，她站在另一边。然后，他听到一句温柔的话清晰地传来："我希望我们今生今世永远在一起。"

吴大猷听到了，也做到了。

他临终前的最后一句话是："我这一生没有遗憾。"

学会爱：

五十次初恋，一个爱人。

五十二年陪伴，用尽一生。

有人说，看两个人适不适合，去旅行一次就知道了。因为旅途里有各种不适，各种变数，各种艰苦，能一起好好旅行，两个人就有一起好好生活的潜力。

婚姻是更加漫长的旅途，这辆火车会穿越好风景，会遭遇暴风雨，会甜蜜如田园牧歌，也会颠簸到再也受不了，让"乘客"累得气喘吁吁，想立刻下车。

就像吴大猷的那碗牛肉汤，一次容易，十次容易，做一辈子，很难。

可他炖着这碗汤，从校园时代到战争岁月，从岗头村到渥太华，真的"初恋"了一辈子。他是怎么做到的呢？

答案也许是，记得你们最初踏上旅途时紧握的双手，记得你们憧憬到达终点时幸福的笑容，记得一个小女生和一个小男生，登上火车时相依相偎的背影。

邵洵美 / 《诗经》牵手《纽约客》

据说一个真正的贵族，需要三代的培养。

邵洵美可以担当起这句话。他是诗人、翻译家、出版家，长期湮没在历史的烟尘里。现在，有人称他是"被低估得最为严重的现代文化人"。

他是晚清重臣之后，是一掷千金的洋场阔少，也被誉为"小孟尝君"，对朋友仗义豪爽；他是唯美诗人，《天堂与五月》《花一般的罪恶》，极具英式风格；他颇有唐人风度，穿长衫，蓄长发，薄施脂粉；他是翻译家，是出版家——他创办的上海时代图书公司，曾是二十世纪三十年代规模最大的出版机构之一。

另外，他非常帅。

对他一见钟情的美国女作家项美丽盛赞他有着"近乎完美的椭圆形面孔"，还有"希腊式完美的鼻子"。这张面孔的背后，是他的煊赫家族、复杂际遇，以及两段不平凡的爱。

他与妻子盛佩玉的婚姻，齐集传统文化的浪漫元素。盛佩玉是他大舅舅的女儿，他们之间，类似于变成了喜悦结局的贾宝玉与林黛玉。

提到他们的家族，不得不提到晚清重臣盛宣怀。盛宣怀是洋务运动的中坚人物，被誉为"中国实业之父"。从企业到银行，从教育到慈善，他创造了十一项"中国第一"。

他是盛佩玉的祖父，是邵洵美的外祖父。

由于邵洵美小时候过继给了伯父，按家族谱系，他就有了"盛宣怀外孙、李鸿章外孙、邵友濂嫡孙"的三重身份。他在锦衣玉食和贵族教育中长大，从小深谙中西文化，才情斐然。

在遇见盛佩玉之前，他叫邵云龙。

1916年，在外祖父盛宣怀隆重的葬礼上，他第一次见到大他一岁的表姐盛佩玉，从此念念不忘，非她莫娶。

他偷偷拍下表姐的照片，给她写诗。为了表明心迹，还把自己的名字给改了。《诗经》上有一句"佩玉琼琚，洵美且都"，里面正好有佩玉二字。少年立刻宣布，以后自己就叫"洵美"了。

小儿女情投意合，父母也相当满意。这是一场一见钟情、亲上加亲的中国式好姻缘。

1925年，邵洵美前往英国剑桥大学留学。漫长旅途中，每停留一个地点，他就给盛佩玉寄去一张明信片，上面写满思念的情诗。后来，他把这些诗整理成一个叫作《天堂与五月》的集子，扉页上写着"赠给佩玉"。

1927年，他们在上海举行婚礼。

这一年，邵洵美二十一岁，盛佩玉二十二岁。他们还不知道，就在大洋彼岸，一个极爱折腾的美国姑娘艾米丽，正在策划辞职，前往刚果，最后来到上海与他们相遇。

命运之手把他们轻轻地拈起来，放在暂时的地点，各自精彩着。

佩玉洵美的婚礼，十分隆重。证婚人是复旦大学创始人马相伯，各界要人到场祝贺，两人的结婚照刊登在《上海画报》的封面，题字为"留英文学家邵洵美与盛四公子侄女佩玉女士新婚俪影"。

"文学家邵洵美"，其实并不是完整的他。他的朋友章克标在晚年总结，说邵洵美有三重人格——诗人、大少爷、出版家。他说："他一身在这三个人格当中穿梭往来，盘回往复，非常忙碌，又有矛盾，又有调和。"

他的一生，的确繁华又落寞，天真又激情，可敬又辛酸。

邵洵美有句名言，叫做"钞票用得光，交情用不光"。著名学者李欧梵评价邵洵美，说他似乎有无穷的精力、时间、天赋和金钱。

从事文学创作的同时，他投身出版事业二十二年，马不停蹄地创办书店、出版社。他花巨资从德国购买最先进的印刷机，历史上著名的《良友》画报，一度在他的印刷厂印制。这套设备后来被征购到北京，专门用来印刷《人民画报》。

他主编《狮吼》杂志，创办金屋书店，和徐志摩等人合作出版《新月》《诗刊》。事业鼎盛时，他旗下的出版物多达十二种，涉及各个领域。

对朋友，他仗义疏财，大气豪爽。夏衍刚回国生活无着，他慷慨预付稿费，帮他渡过难关。漫画奠基人叶浅予创办的《时代》漫画，陷入经营危机，邵洵美出资接手，推进了漫画业在中国的发展。

沈从文护送丁玲母子回湖南，他资助了全部路费。后来丁玲被秘密逮捕，他通过各种人际关系，不遗余力营救。他是陆小曼和徐志摩的好朋友，也是张幼仪云裳服装公司的投资股东。

他帮助过的朋友，可以开出一长串名单。位于淮海中路的邵家，"座上客常满，樽中酒不空"，成为当时文艺界最热闹的一个根据地。

凡此种种，需要雄厚的经济实力。有人说，邵洵美是散尽万金办出版。对此，妻子盛佩玉从来是理解与包容。

她说："每次听到他提出的要求，只要是光明正大、合情合理的事要花钱，我总会全盘接受。"

她从家业鼎盛的娘家，来到日薄西山的邵家，对邵洵美的事业一直很支持。她温柔娴静，就像她的名字一样，是一块美玉，可涵纳山水，可抚平风雨。但此时的邵洵美，更像是一个不羁的理想主义者。

他最认同的自我身份，是诗人。这个只在白纸上写诗的"唯美派"说：

"你以为我是什么人？是个浪子？是个财迷？是个书生？是个想做官的？或是个不怕死的英雄？你错了，你全错了，我是个天生的诗人。"

沈从文评价邵洵美的诗："赞美生，赞美爱，然而显出唯美派的人生的享乐，对现世的夸张的贪恋，对于现世又仍然看到空虚。"

这个评价，让我想起希腊神话中的"水仙少年"。

漂亮的少年，欣赏迷恋着自己在水中的倒影，最后投水变成一株水仙。此刻的邵洵美，其唯美理想也像水仙一样，隔离着复杂的现实，在水波荡漾中自顾自摇曳。

他的诗，充满着唯美迷离的魅力。如同他本人，身长玉立，举止潇洒。

所以，1935年，刚到上海不久的美国女孩艾米丽，立刻被这个有着敏锐艺术才华，能写一手好字，能说一口流利英文的中国男人所吸引。

如同洵美对佩玉的一见钟情，艾米丽对邵洵美一见倾心。

邵洵美为艾米丽取了一个中国名字，项美丽。她的故事，可以写成小说，拍成电影，可以画成丛林漫画，讲成传奇人生。

她几乎是"坏女孩走四方"的代言人。

她以《纽约客》杂志撰稿人的身份，来到中国。在此之前，她的经历跌宕起伏，算得上是大家闺秀盛佩玉的对立面。

念大学时，因为工程系不招女生，她就专门要考工程系，最终如愿以偿，成为威斯康星大学第一位获得矿冶工程学位的女毕业生。毕业后，因为感动于人类成功飞越大西洋，她就毅然辞职；之后，她当导游，做代理，做临时演员，成为《纽约客》撰稿人。

有一天，她突然想研究猿猴，就立刻前往刚果，一住就是两年。

初到上海时，她说："这里到处是大块的霓虹灯、广告牌，是个俗气的城市。"直到在一个笔会上，她遇见邵洵美。他的艺术气质，她的大胆叛逆，如果不发生一些故事，不符合项美丽的性格。

盛佩玉和孩子们，第一次见到上门拜访的项美丽时，她肩膀上站着她的宠物——一只来自刚果丛林的猴子。

面对项美丽和丈夫相爱的事实，盛佩玉的表现很惊人，她不动声色地默许了。

也许是从小生长在大家族，见惯了男人三妻四妾，也许是清醒地知道，这场异国恋注定是一段没有结果的情缘，也许是连她自己都觉得，项美丽有种特别的魅力，她们俩一起带孩子逛街，一起开车兜风，一起拍照，两个本应是情敌的女人，反而更像是朋友。

女儿回忆，项美丽常来串门，"她朴素，也很亲热，常带我去看电影"。盛佩玉在晚年的文章中说："项美丽为人文雅，装饰不俗，我们与她毗邻，往事密切。"

一个是《诗经》般的缅邈深情，一个是《纽约客》的热情洒脱。两类文化，两种爱情，碰撞在邵洵美身上，形成奇异的风景。

项美丽身边，中西追求者众多，但她不为所动。她不是杜拉斯《情人》里不谙世事的少女，她成熟而自知。与邵洵美之间的感情，异国情调只是隐约的引子，更重要的是他们性格里有种相同的底色。在相似的爱好与事业中，在彼此的影响下，他们互相吸引，各自成就。

"水仙少年"很快被卷入时代的洪流。

1937年8月14日，日军占领上海。邵洵美带着全家，连夜逃到霞飞路法租界。大量藏书和家当，尤其是那套价值不菲的印刷设备，都留在了敌占区。

项美丽勇敢地担任了这项抢救任务。她弄到一张特别通行证，雇了一辆卡车和十个俄国工人，一天来回十七趟，在日军的眼皮底下，把敏感的设备和珍藏的古书，甚至包括全家的衣物，统统抢运了回来。

她亲自举着美国国旗，在一个法国警察朋友的陪伴下，拿着印刷厂转让的文件，通过日军的盘查。

盛佩玉非常感动，她说："连一个螺丝钉也不缺。"

接着，邵洵美与项美丽按中国法律，签署了一份结婚证明。三个人心照不宣，都明白这是权宜之计。项美丽知道，这份证明可以保护邵洵美继续办杂志，甚至可以保护他们全家的性命。

依靠抢救出来的设备，他们在租界一起创办抗日刊物。1938年5月，他们首次将毛泽东的《论持久战》翻译成英文，秘密印刷成单行本。这些当然是敌占区最危险的禁书，日本军方一度计划暗杀两人。风头最紧时，项美丽雇了个外国特种兵做保镖。

这份战火中的爱情，有着类似于谍影重重和血色浪漫的感觉。它危险，动人心魄，情深义重。

但两个人，都预知它的结局。

《宋氏三姐妹》的出版，是他们爱情的最后见证。

某种程度上，这算是邵洵美对项美丽的一种回馈。当时，很多西方记者想采访宋氏家族，都不得其门，而宋霭龄曾担任过邵洵美姨母的家庭教师。

他亲自带项美丽去香港拜访姨母，环环打通后，项美丽成为三姐妹的指定传记作者。

1940年，三姐妹聚首重庆，项美丽被破例允许随行访问。其间，项美丽写信邀约邵洵美一同前往重庆。邵洵美回信拒绝了，他说："要是我去了重庆，日本人知道后会找佩玉麻烦的。"

战争的磨难，生活的历练，让这个曾经的"水仙少年"，走向了家庭的责任和自我的成熟。他与项美丽的爱情，画上了句号。

后来，《宋氏三姐妹》顺利出版，在西方世界引起轰动。项美丽从重庆辗转到了香港，在战火中困居了三年。

1943年，她以交换难民的身份，安全回到美国。

他们的故事，曾有个完美的收尾。1946年，邵洵美有机会去到纽约，专程看望了项美丽。此时的她已是两个孩子的母亲，丈夫是英国军官查尔斯·鲍克瑟少校。

乱世爱人再度重逢，色调明亮而愉快。三个人彻夜长谈，鲍克瑟开玩笑说："邵先生，您的太太我代为保管了几年，现在应当奉还了。"

邵洵美答："我还没准备好，还得请您再保管下去。"

三个人哈哈大笑。

如果是电影，镜头可定格于此。可惜命运不是剪辑师，它冷静地继续着。

比起电影，真实生活有着更残酷的分岔和刺痛。1957年，邵洵美因受诬陷而被投进监狱。晚年，夫妻二人生活困窘，不得不分居在两个子女的家中。

往事已成过眼云烟。

施蛰存说："洵美是个好人，是个硬汉，富而不骄，贫而不丐，即使后来，经济困难也没有使他气短，没有没落的样子，他最后一年，确是很穷，但没有损害他华贵的公子气度。"

他仍然会用清水梳理自己的一头长发，为自己保留一份内心的体面。"水仙少年"的影子，恍如隔世，影影绰绰。

1968年，六十二岁的邵洵美在上海病逝。家族三代煊赫之后，邵洵美的儿子用一双新袜子，泪别父亲。盛佩玉从南京女儿家一路赶来，最后只看到丈夫的遗容，仍然保持着一贯的端庄。

她在回忆录里说："他的一生遭遇坎坷多变，在动荡的岁月中又受疾病的折磨，真是悲惨伤心。"

伤心的盛佩玉，在晚年容不得任何人说邵洵美的不是。

所有的金粉繁华，所有的落魄流离，所有的爱恨相守，都留存在她一个人的记忆里。1988年，盛佩玉从女儿那里得知项美丽仍然健在，她专程赶往美国。见面时，两人激动相拥。

在音讯相隔的年代，项美丽不知道他们经历了什么，也不知道邵洵美何时离世，但她坚持说："音讯何日到来并不重要，我清清楚楚地知道他是在那一天死去的。"

项美丽一生写了十本关于中国的书，其中四本以邵洵美为主角。

盛佩玉则说，洵美是去了另一个世界，在那里他不会寂寞。那里有属于他的一切美好，就像他年轻时写过的一首诗，叫作《洵美的梦》：

> 我又见到我曾经吻过的树枝，
> 曾经坐过的草和躺过的花阴。
> 我也曾经在那泉水里洗过澡，
> 山谷里还抱着我第一次的歌声。

学会爱：

什么是好女孩，什么是坏女孩？

盛佩玉无疑是个好女孩。她是一部《诗经》，是一种东方，是一块玉。心有千千结，全是邵洵美，她温润地爱了他一生。

那么项美丽呢？她是《纽约客》，是风暴，是四面八方，是不断地离开。她奉行的生活准则，是没有困难的人生不值得过。听起来，她像是个坏女孩。

好女孩最终与爱人携手一生，坏女孩结局也不算坏。一个愿意守候，一个喜欢行走，最后都得偿所愿。

就像小说和电影里的"七月与安生"，我们每个人，都会在生命中遇到和自己相反，却深深被其吸引的人。项美丽和盛佩玉成为朋友，在某一个恍惚的时刻，她们会不会突然羡慕对方呢？

一定是有的。

但也一定只是一闪而过，因为她们都深爱属于自己的生活。在这世界上，没有任何人有权利，用简单的"好"与"坏"来评判你。甩掉他人的结论，用真实的自我，过真诚的生活——这是最轻松最值得的一种活法。

李叔同 / 离别是最后的真相

从风流才子，到弘一法师；
从年少成名，到遁入空门；
从诸多艺术领域的巨擘，到精研最严戒律的高僧。
这之间，究竟有着多远的距离？

李叔同的背影，给世人留下一个沉默的答案。如果"此处应有背景音乐"的话，响起的应该是我们非常熟悉的曲调："长亭外，古道边，芳草碧连天"——它是李叔同选曲填词的《送别》，几乎人人都听过，都唱过。

它哀而不伤，美而不艳，像往事的流水，从我们心上抚慰而过。

1918年，杭州，雨后清晨。一个女子久久地等待在西湖南岸，薄雾中，她终于看到一叶小舟行来。

曾经的爱人，此时一袭僧人装扮，面目清冷。女子强忍着泪水，叫了声："叔同。"

这是一位日本女子，名叫福基，她连夜从上海赶来，恳请丈夫还俗。可看到他眼神的一瞬间，她什么话也说不出来了。李叔同双掌合十，说："我已委托朋友送你回日本，你有技术，回去不会失业。"

然后对福基微微颔首，登舟离去，始终没有回头。

这一幕，被他们的朋友黄炎培记录了下来："但见一桨一桨荡向湖心，直到连人带船一齐埋没湖云深处，什么都不见，叔同最后依然不一顾，叔同夫人大哭而归。"

虽然是恋人间的离别，但李叔同消失在雾中的背影，仍然让我想起龙应台的《目送》：

"所谓父女母子一场，只不过意味着，你和他的缘分就是今生今世不断地在目送他的背影渐行渐远。你站立在小路的这一端，看着他逐渐消失在小路转弯的地方，而且，他用背影默默告诉你：不必追。"

一个是出世的高僧，一个是入世的作家。一个用《送别》唱友情，一个用《目送》写亲情。

离别，背影，渐行渐远——这些字眼，无不指向我们大多数生活场景的结局。友情，亲情，爱情，甚至生命，最后都将抵达离别的彼岸。

那么人生是一场注定的幻灭吗？从此生到彼岸，我们将如何去经历和面对？

李叔同的回答，是成为弘一法师。他以自我的献祭与修行，替代世人，去探索心灵终极的宁静。

李叔同出生于天津一个富商家庭，自小生活优渥。虽幼年丧父，但母亲和兄长十分重视他的教育。少年的他，诗词书画印无一不精，被公认为"天津第一才子"。

十六岁时，他遇见此生的初恋。她叫杨翠喜，是清末民初的一代名伶，最初在"协盛园"登场献艺，后来常驻"天香园"。

李叔同天天跑去捧场，还为她写过两首《菩萨蛮》，有一句是"燕支山上花如雪，燕支山下人如月"。可如月的少女最终被卖入官府，与李叔同就此缘尽。十八岁时，他接受兄长安排，与茶商的女儿俞氏结了婚。

少年李叔同，内心充满对旧制度的厌弃。和所有年轻人一样，他憧憬自由，热爱新生事物。他买了一架在当时极其少见和昂贵的钢琴，开始学习西方音乐。"维新变法"开始时，他很兴奋，为了表达支持，他刻了一枚印章，上书"南海康梁是吾师"。

这枚印章给他带来了麻烦。变法失败后，当地传言他是康梁同党。他只得带上家眷，迁居上海。

上海比天津要广阔得多，也新派得多。李家在上海有钱庄，兄长又拨出三十万元家产送给他。李叔同在十里洋场，过着"豪门贵公子"的读书生活。

他加入城南文社，与许幻园、张小楼等结有金兰之谊，与画家任伯年设立上海书画公会，还以第十二名的好成绩考取南洋公学，师从蔡元培。

这段时间，李叔同过得热热闹闹。

他在上海闪亮登场，演出京剧。同时与歌伎名伶往来频繁，在李苹香的天韵阁里，诗词唱和，击掌而歌。

旧的繁华，新的尝试，他全都兴致盎然。他创作了提倡婚姻自主的新戏《文野婚姻》，谱写了广为流传的《祖国歌》，还翻译出版了两本法律书籍，《法学门径书》和《国际私法》。

另外，他还参与学潮，举行演说会，支持新思想。

这是一段高浓度的人生。多年之后回望，他似乎在预支所有的错彩镂金，慢慢走向余生的素净。

1905年是第一个转折点。这一年，母亲去世，他最尊崇的老师蔡元培也被当局通缉。

二十五岁的他深感时光易逝，卸下豪门公子这件金缕衣，他选择东渡日本留学。留学期间，他致力于绘画和音乐，并成立春柳社，排演《茶花女》，成为中国话剧的第一个团体和第一次首演。

他的爱情也走向了温和素淡。

历经杨翠喜、李苹香这些美丽的名伶诗伎，在日本，他遇到了福基。惊艳于她的典雅气质，他请她当自己的裸体油画模特。即使在当时的日本，裸体画也是惊世骇俗的，但面对这个诚恳的青年，福基同意了。

她告诉李叔同："因为真诚不会说谎。"

多年后，刘海粟回忆李叔同带回来的绘画理念和技巧，仍对他的胆略执着钦佩不已。

福基毕业于上野卫生学院，是接受过专业教育的新派女子。她爱好艺术，李叔同的才华让她越来越欣赏和倾慕。他们一起品评画作，探讨音乐，爱情逐渐萌生。

六年后，1910年，在福基的坚持下，李叔同带她回到了中国。

这一年，李叔同三十二岁。他先后担任《太平洋报》主笔、

《文美杂志》主编，任教浙江第一师范学校、南京高等师范学校，加入西泠印社。他在各个艺术领域，均走向成熟。

1918年，回国八年之后，他告别发妻俞氏和爱人福基，皈依佛门。

这八年之间，究竟发生了什么？

或者说，时间在李叔同身上，究竟造成了什么样的碰撞和改变？

他历来积极入世，立志家国进步。少年时，支持维新运动，戊戌变法；在日本，加入同盟会，参与反清；回国后，担任副刊主笔，宣传革命。

他充满激情，内心炙热。对天津的妻儿，对上海的福基，他以礼以情，平衡着那个时代的亲情与爱情。

在浙江一师的几年，他奉行"以美淑世"，教育救国。丰子恺、刘质平等学生，在他的精心培养下，都成为美术和音乐大家。

在学生和同事眼中，如果要用一个词概括李先生的话，那个词一定是"认真"。丰子恺回忆，李叔同说话不多，但无论教学做事，都极其认真。他在诗歌、音乐、美术、金石、书法等诸多领域，都日臻化境。后来，他开始研读佛典，同样是认真到虔诚的态度。

夏丏尊的《平屋杂文》记载了许多李叔同的往事。有一次学校失窃，始终没人承认，他作为舍监很是头疼。这时李叔同献策："可以限定一个日期，告诉学生如果没人来认错，本舍监就只有以死谢罪！"他还强调，必须认真践诺，才能感化学生。

夏丏尊说："这位畏友，的确认真到让人骇然。"

他说："李先生教图画、音乐，学生对图画、音乐看得比国文、数学等更重。这是有人格作背景的缘故。他的诗文比国文先生的更好，他的书法比习字先生的更好，他的英文比英文先生的更好。这好比一尊佛像，有后光，故能令人敬仰。"

中国文化中，有一个词叫作"绘事后素"——良好的质地，才能有鲜艳的色泽；一幅画完成，才知道素色的可贵。绚烂归于平淡，往事静静沉淀，李叔同的人生，是这个词最好的诠释。

每个人都站在自己命运的掌心，我们无从揣摩他内心的经历。正如其他人，也无法理解你每一次细微的悲喜。

1918年8月19日，李叔同在杭州虎跑定慧寺，正式剃度，法号弘一。

关于人生，丰子恺有一个生动的"三层楼"观点。

第一层是衣食住行的物质生活，第二层是文化艺术的精神生活，第三层是宗教信仰的灵魂生活。

李叔同的孙女李莉娟说："祖父不是受时代影响而出家的，我很欣赏丰子恺先生的三层楼观点。祖父无论做什么，都是完全彻底地投入，当他学佛到一定程度时，出家就是必然的，这是他做人做事极端认真的结果。"

此后二十多年，李叔同初修净土宗，后修戒律森严的律宗。他让断绝了数百年的律宗得以复兴，佛门尊称他为"重兴南山律宗第十一代祖师"。

皈依之后，他并未在佛门中孤绝闭世，而是以自己的方式，整理着与人、与世的关系。

美学家朱光潜说，"李叔同以出世的精神，做着入世的事业"。他庄严慈爱，广结善缘。他拒绝为政府高官写对联，寺庙旁的农民求字，却写好亲自送过去。抗战时期，他写下"佛者，觉也。觉了真理，乃能誓舍身命，牺牲一切，勇猛精进，救护国家"。

他潜心佛法，著书立说。他是遗世独立的高僧，也是中国近代艺术史上最全面的大师。骄傲的张爱玲说："在弘一法师寺院围墙外面，我是如此的谦卑。"

但我们仍然忍不住喟叹，曾经美好的爱情呢？也如梦里的一场花瓣，从此湮灭了吗？

西湖送别之前，李叔同以最后的凡俗口吻，给一生中最重要的两个女人，分别写了两封信。给妻子俞氏的那封，已不知具体内容，后人说，他曾在信中希望孩子们长大后从事教育工作。

给福基的那封，简短深情，又持重决绝：

……对你来讲硬是要接受失去一个与你关系至深之人的痛苦与绝望，这样的心情我了解。但你是不平凡的，请吞下这苦酒，然后撑着去过日子吧，我想你的体内住着的不是一个庸俗、怯懦的灵魂。愿佛力加被，能助你度过这段难挨的日子。

做这样的决定，非我寡情薄义，为了那更永远、更艰难的佛道历程，我必须放下一切。我放下了你，也放下了在世间累积的声名与财富。这些都是过眼云烟，不值得留恋的。

我们要建立的是未来光华的佛国，在西天无极乐土，我们再相逢吧。

为了不增加你的痛苦，我将不再回上海去了。我们那个家里的一切，全数由你支配，并作为纪念。人生短暂数十载，大限总是要来，如今不过是将它提前罢了，我们是早晚要分别的，愿你能看破。

在佛前，我祈祷佛光加持你。望你珍重，念佛的洪名。

收到信后，福基执意要亲自见李叔同一面。西湖边，相伴十二年的爱人，明明站在眼前，却那么遥远，无法触碰。

在电影《触不到的恋人》里，爱人之间，面对的是时空的交错。而此时，他们之间横亘的，是湖水之上的迷雾，灵魂深处的信仰，还有人生最后的真相——离别。

她目送他的背影，渐行渐远。

弘一法师圆寂之前，写了四个大字交给弟子。这四个字是：悲欣交集。

人间之事，有相逢就有离别，有喜悦就有悲伤。在万千人海中独独遇见你，也会倏忽一瞬间失去。佛是不说话的，他只拈花微笑，他是永恒。人却有爱有恨，有悲有喜，有嗔有痴。穿越心灵的喧嚣，看一眼"微笑的佛"，我们也许会得到哪怕片刻的安慰与宁静。

就以一曲《送别》，让生活在熙攘悲欢中的我们，笑对离别吧。

因为终将离别，所以更珍惜有你的此刻。

学会爱：

有一个调查，问的都是老人，题目是：你最后悔的事情是什么？

62％的人，后悔没有好好与子女相处；57％的人，后悔当初没有珍惜自己的伴侣。

不到某个时刻，人们是不会真的有所体会和警醒的——等到有所领悟，我们自己多半也变成了在数据里后悔的人。

这正是人生的循环之处、吊诡之处。

幸运的是，数据里，也有62％和57％之外的人。在终将离别的路途中，请珍视家人，珍重朋友，珍惜当下的每一刻吧。

因为时间的细沙，已在你脚边开始湮没。

邵飘萍 / 爱你，成为你，超越你

中国新闻史上，邵飘萍和汤修慧，是光彩耀目的一对。

二十五岁踏入新闻界，四十岁仰天长笑于军阀枪下，邵飘萍用生命祭奠了自己的新闻理想："报馆可封，记者之笔不可封；主笔可杀，舆论之力不可蕲。"

在风雨如晦的时代，这对新闻伉俪个性十足，特立独行。一个是"怪才"，一个是"汤爷"，两人以笔为刀，仗剑走天涯。

邵飘萍是民国时期的著名报人，他是《京报》的创办者，中国新闻理论的开拓者，被誉为"新闻全才""乱世飘萍"。

他的爱人汤修慧，像是站在他身边的一株木棉树，同样红花烁烁，铿锵不凡。放到现在，她可能就是战地玫瑰间丘露薇一般的女子。但这株木棉，在遇见邵飘萍之前，只是"汤记"照相馆里一朵安静的小花。

在一份美好的爱情中，我们最终会变成什么样子呢？

汤修慧的回答是：变成和爱人一样。

1906年，二十岁的邵飘萍考入浙江省立高等学堂。这位热情好动的多血质青年，继承了创办私塾的父亲刚正耿直的性格。少年时，他就对故乡金华的第一张报纸《萃新报》印象深刻。

在高等学堂的三年，他接触到更大的世界。现代中国的蹒跚时刻，千万人为国家出路思考并行动着——实业救国、科学救国、教育救国，不一而足。满腔激情的邵飘萍，立下"新闻救国"的理想。他支持孙中山的民主革命，也被梁启超热血沸腾的文章所感染，开始为上海《申报》撰写新闻通讯。

毕业后，他先是回到故乡金华任教。因为工作原因，他常去位于酒坊巷的"汤记"照相馆。在那里，他认识了汤修慧。

汤修慧和父亲一起经营小店，她捣鼓着那些机器，准备再稍长大些，就听从父命嫁人生子。她的聪明伶俐，让邵飘萍深为爱惜。

他对她说："你应该知道，外面还有更大的世界。"

他说服她的父亲，并自己出钱，送她去杭州女子师范学校读书。

一生的转折，从此开始。1912年，他们结为夫妻。这个从小小照相馆里走出来的女孩，深深感激和爱慕丈夫。她不仅爱他本人，也爱他的事业。她不仅看到了广阔的世界，也选择以他的方式，拥抱这个世界。

杭州的《汉民日报》，是邵飘萍新闻事业的正式发端。1911年辛亥革命后，在报界很有影响力的杭辛斋，对邵飘萍一见如故。他聘邵飘萍为《汉民日报》主笔，并将报纸交予他一人主持。

邵飘萍像一匹新闻黑马，开始尽情地纵横驰骋。

他仗义执言，不畏强权，什么都敢说，对时局有着深刻的洞察力。他抨击当局，矛头直指袁世凯，指出"人但知强盗可怕，不知无法无天的官吏比强盗更可怕"。

因为反袁，报馆被封，他几次被捕入狱。在后来任《申报》特派记者的两年里，他又写了200篇共二十二万字的《北京特别通讯》，全部来自一线报道。他对军阀和时政的入骨揭露，唤起了民众的爱国热情，也埋下了军阀张作霖对他的仇恨。

1918年，邵飘萍创办了著名的《京报》。

创办之初，他在报社墙壁上大书"铁肩辣手"四个字，勉励同仁，立志要办成大众的报纸。《京报》主张民主政治，观点犀利，很快畅销。

就在邵飘萍纵横江湖的时候，人们发现，他的身边还有一位女侠的存在，她就是汤修慧。犀利的文笔文风、干练的处事风格、陡峭的气质性情，汤修慧就像是另一个邵飘萍。

不同于当时大部分文艺女青年，她专写锋利论文。从教育现状到卫生事业，从女性地位到国民素养，她见解独到，与邵飘萍的笔触非常相似。丈夫对她的影响，已深入内心。

历经记者和主笔的磨炼，她还在继续成长，开始具备独当一面的魄力。

在当时，运筹一间言论独立的报社，从资金到人脉，关系错综复杂。纷乱时局中，汤修慧总能厘清状况，做出最有利的判断和结论。哪些背景的投资不能拿，什么人的捐助可以留，她很是拎得清。

没有捐助，《京报》不可能运营得下去；而一旦受控于某股势力，《京报》又会失去为民发声的初衷——她非常懂得在生存和自由之间，是一场博弈。

聪慧的她，成为邵飘萍不可缺少的金牌助手。

从旧家庭柔弱的花朵，到新闻界飒爽的木棉。在这场爱情中，她得到了春风细雨般的润泽，也得到了急风暴雨般的训练。在邵飘萍的身边，她是尽情吐露着绚丽的木棉花。

1918年，北大校长蔡元培邀请他们创立"北大新闻学研究会"，开启了中国新闻学教育的先河。邵飘萍重在讲授新闻知识和办报经验，汤修慧则讲授采集方法，她常常带领学生外出采访练习。

第一批结业的学员名单中，有毛泽东、高君宇、陈公博、罗章龙等一系列名字。毛泽东曾说："邵飘萍对我帮助很大，他是新闻学会的讲师，是一个自由主义者，一个具有热烈理想和优秀品质的人。"他尊称邵飘萍和汤修慧为"先生""师娘"。

先生是"铁肩辣手"，师娘是"侠骨柔情"。他们俨然双剑合璧，在动荡的年代里用自己对新闻的热爱，推动着社会的发展。

但由此付出的代价，也是巨大的。邵飘萍一生经历多次追捕、牢狱和逃亡。他曾两度流亡日本，被捕三次，入狱九月。所有这些困厄，汤修慧和他共同承担，成为丈夫的坚定守护者。1913年，邵飘萍被警方逮捕，当时还在杭州女师读书的汤修慧，四处呼吁，使邵飘萍最终得以释放；1919年，《京报》被查封，邵飘萍遭通缉，汤修慧奔走疏通，不仅救回丈夫，还让《京报》复业，在业界获得"巾帼英雄"的美称。

她的确就像诗句中描绘的木棉——像刀，像剑，也像戟。

除却刀光剑影，他们之间，也有着不同于巷陌夫妻的浪漫。

每到汤修慧过生日，邵飘萍总是不动声色，忙于工作。但汤修慧第二天醒来，一准会在枕边看见他精心准备的礼物，有时是一块精致的手表，有时是一件漂亮的大衣。

这种出其不意的手法，与邵飘萍的"怪才"风格十分匹配。

他的确是个怪才和多面体。为了获取新闻，他交游广阔，慷慨豪爽。上至总统府邸，下至寻常巷陌，都是他新闻来源的第一手现场。

他常常大手笔宴请政要，隔壁房间则准备好电报纸，常常宴会还没结束，消息已传到全国各地。他还经常去妓院，因为那里云集幕府要人，是消息灵通之地。没想到汤修慧得知后，也要一同前往。

邵飘萍说："这怎么行，哪有夫人陪同的道理。"

汤修慧答："为什么不许女人吃花酒，我偏去，这叫男女平权。"

于是，夫妻二人一起出发了。

一来二去，姑娘们反而和真诚爽朗的"社长夫人"成了亲密的朋友。她们称她为"汤二爷"，感觉就像两个不同朋友圈里的闺密。她在八大胡同内，获得了不少政治秘闻。

"汤二爷"对"怪才"，执着于事业的两个人，性格洒脱，不拘一格，就像两行对仗工整的新闻标题。

但是——在伉俪情深的新闻标题下，还隐藏着另一座情感的冰山。

这座冰山，并不是邵飘萍的原配夫人沈小仍。是的，千篇一律地，她是邵飘萍父辈指派的妻子，虽并未受过教育，但温柔贤惠。

汤修慧曾主动提出接她和孩子们进京，并亲自去杭州迎接。她们以姐妹相称，1923年沈小仍病逝后，汤修慧一直抚育着她的孩子，视如己出。

听起来，这算是一个圆满的故事。

可偏偏在有了汤修慧之后，邵飘萍在后来还有一个爱人，祝文秀。

祝文秀身世可怜，以"花小桃"的艺名在戏班唱戏。1919年邵飘萍遇到她时，她正面临被卖入青楼的危险。邵飘萍救了她，把她安排在另一所住处里。

乱世飘萍，总会遇见乱世佳人。邵飘萍不是道德楷模，一个在乱世中与各种势力周旋的人物，心里总有太多英雄主义的情结。可对于汤修慧，她的心里，又该是什么样的滋味呢？

她来不及去敏感。

对她来说，共同的事业，已经比儿女情长重要太多。此时的汤修慧，不仅绝不是攀缘的凌霄花，甚至也不只是站在爱人身边的木棉树。

1926年4月26日，因邵飘萍拒绝张作霖的三十万元贿赂，坚决揭露其与日军勾结的内幕，被军阀布下圈套，秘密枪决。

枪决时间仓促定在凌晨4时，邵飘萍被押往天桥东刑场。即使在临刑之前，他仍然保持着惯有的气宇不凡，他向不得不执行命令的军官们拱手说："诸位免送！"然后，他从容赴死。

这一年，他刚刚四十岁。

枪决前夜，汤修慧被软禁在报社。为了救丈夫，她翻出围墙，赶往花园饭店请求张培风先生设法营救，但已经来不及了。

看到邵飘萍的遗体时，汤修慧悲痛大哭。那一刻，她觉得自己也随爱人而去了。她未曾察觉的是，十几年的追随和相伴，一种新的力量，已经生长在她的骨骼心灵里。

新闻伉俪永远失去了"铁肩辣手"，但木棉树变得更加坚强。1928年，汤修慧再次复活《京报》，她说："飘萍先生之丧，修慧盖无日不椎心泣血，含辛茹苦，以求得机会，一伸先夫子宏大之志愿。"

这个宏大志愿，不仅是邵飘萍的遗愿，也是汤修慧的追求。

她里外操持《京报》的重要事务，奉行客观公允的办报准则；她与宋庆龄、何香凝联络，参加北平妇女联合救国会；她坚决抗日，挫败日本浪人的阴谋，一手策划除掉汉奸王崎，逐渐成为蜚声国内外的女报刊活动家。

她保留了邵飘萍的风格，也生长了鲜明独特的个性。她追随他、成为他，然后延续他、超越他，成长为新的自己。

邵飘萍遇害前，曾有人问他："你出去这几天，京报馆和通讯社怎么办？"他说："这个不用忧虑，修慧自能料理。"

他知道，照相馆里当初的那朵小花，已经长成了茁壮的大树。

1949年，邵飘萍被追认为革命烈士。

汤修慧晚年住在北京魏染胡同里，九十多岁的她每天都要看报纸，这是她一生的寄托和事业。邵飘萍曾告诉她有一个更大的世界，后来，她真的拥有了这个世界。他们的爱情不是完美的，但比完美更重要的，是她拥有了力量。用自己的力量拥抱世界的女人，是爱情和人生中最后的赢家。

学会爱：

看汤修慧成为"汤爷",比作"社长夫人"要爽利有趣多了。

她甚至没有心思去计较什么"花小桃"了,一味纠结在宫斗剧里,太小太闷太无聊。她想的是如何获取新闻,如何办好《京报》,如何讲好北大的课程。后来,她要做的事情越来越多,天地越来越大。

不要让感情成为占据心灵的唯一,否则,你要么无比空虚,要么极度窒息。

把自己置身在更敞亮、更丰富的地方吧,你会发现太多好玩儿的事情,哪有时间去搞所谓的"宫斗"啊。

对汤修慧们来说,比赢得一个男人更有挑战更有意思的事,是看见自己赢得世界。而有趣的是,在这个过程中,你往往会顺手赢得最好的爱情。

沈从文 / 幸福的距离有多远

能写一手好情书，绝对是爱情里的必杀技。

"我行过很多地方的桥，看过很多次数的云，喝过许多种类的酒，却只爱过一个正当最好年龄的人。"——这是沈从文写给张兆和的情书，已成为经典中的经典。

1933年，在写了无数封美妙的情书后，沈从文与他苦苦追求了四年的张兆和，在北平结婚。

1995年，沈从文去世七年之后，张兆和以令人惊讶的坦率，在《从文家书》的后记中写道："从文同我相处，这一生，究竟是幸福还是不幸？得不到回答。"

爱上最好年龄的人，彼此相伴一生，却仍然在"幸与不幸"中追问。我们离幸福的距离，究竟有多远？

沈从文与张兆和的爱情故事，开始于1928年的上海。一个二十六岁，是中国公学的讲师，一个十八岁，是大学二年级的美丽校花。

他爱上了她，攻势是写信。第一封，很短，但很直接，写的是："不知道为什么我忽然爱上了你。"

张兆和出身名门，是民国著名的"张家四姐妹"之一，从小在新学和传统教育中长大。她质朴沉静，仰慕者众多。对沈从文的信，她没有动心，也没有理会。

沈从文却一封接一封，一发不可收拾，闹得全校皆知。张兆和一气之下，找到校长胡适告状。号称"民国第一红娘"的胡适告诉张家三小姐，沈从文是中国最有希望的小说家，可以尝试着接触一下。

他说："沈从文顽固地爱你。"

张兆和赌气地回答："可我顽固地不爱他。"

据诺贝尔文学奖评委会前主席埃斯普马克回忆，1988年，沈从文已进入最后评选名单。遗憾的是，评选期间沈从文去世，而诺奖传统是只颁给在世的人。

他笔下斑斓传奇的湘西风情与诺贝尔文学奖擦肩而过，但他文字里健康自然的人性之美，一直闪耀着动人的光泽。他一生写了八十多部作品，至今已被四十多个国家翻译出版。

时间，是一切经典的最终评判。

1902年，沈从文出生于湖南凤凰。他从小顽皮，坚持从不同的私塾逃学，十五岁甚至辍学入伍。直到1923年，二十岁的沈从文幡然醒悟，他来到北京，开始了艰难的"北漂生活"。1925年，《遥夜》发表，引起北大教授林宰平的注意，直呼他为"天才少年"。

他与众不同的才华，终于浮出水面。他的小说、戏剧及散文被商务印书馆、北新书店、光华书局先后出版，成为京沪两地文坛新秀。中国公学校长胡适，聘任他来到上海，担任文学讲师。

在这里，他遇见了张兆和，一个"正当最好年龄的人"。

最好年龄的人,却在校长的办公室对他宣布了最无情的判决词。

但他对张兆和的爱恋和追求,丝毫不减。整整四年,从上海到武汉,再到青岛,他执着地飞雁传书,直到1932年。

1932年暑假,沈从文怀揣精心准备的礼物,从青岛大学赶往苏州,看望张兆和。

张家是当地名门望族,家风开明。这次登门拜访,沈从文收获了二姐张允和的好意与五弟张寰和的热情,他博得了她家人的一致好感。或许是二姐的巧妙斡旋,或许是四年的情书早已打动心扉,张兆和第一次正视了这份情感。她收下了他的礼物——一套精装的俄罗斯小说集和一只长嘴鸟书夹,也收下了他的爱情。

回到青岛后,沈从文再次写信给张兆和:"如果爸爸同意,就早点让我知道,让我这个乡下人喝杯甜酒吧。"

开明的张家爸爸,当然是哈哈一笑,一切随女儿心意。张兆和与张允和一同去发电报,二姐机智地用了名字中的"允"字,俏皮的三小姐却说:"乡下人,喝杯甜酒吧。"

1933年9月,他们在北平中央公园水榭举行了婚礼。这杯甜酒,从酝酿的苦涩到终于散发出醉人的芬芳,仿佛一篇小有起伏,却结局完美的爱情故事——从此,他们幸福地生活在了一起。

可惜,幸福从来没有固定的公式和轨道,甚至连当事人都无法掌控。痴情如沈从文,也不知道饮下这杯甜酒后,是微醺沉醉,还是梦醒如初。

沈从文曾对张兆和说:"有了你,我相信这一生还会写得出许多更好的文章!"

文章可以越写越好，爱情却未必。因为爱情是隔着距离，无尽地想象和心动，婚姻则是打开天窗，一切都直白呈现。当婚姻泯灭了爱的距离，两个人朝夕相处，彼此的不同开始放大。

张兆和内敛理性，如同她平时最爱穿的蓝布旗袍，朴素，务实，井井有条。沈从文心中和笔下的野性湘西、浪漫边城，于她是陌生的。

这也是她在《从文家书》后记中说的："我不理解他，不完全理解他。"

另外，两人一开始情感的不对等也仍在延续。张兆和被沈从文的执着和善良打动，但爱情的浓度可能远逊于对方。沈从文曾忍不住孩子般地抱怨："你爱我，与其说爱我为人，还不如说爱我写信。"在沈从文心里，张兆和是深爱的妻子，也依然是多年前难以企及的那个人。

他的爱，始终带着强烈的需索与焦虑。在这样的心理状态中，高青子出现了。

这是一段隐秘的往事，却有着真实的喟叹。在民国第一任总理熊希龄的家中，沈从文认识了担任家庭教师的高青子。

高青子崇拜沈从文，且心思细腻。她按照沈从文小说中的人物装束打扮自己，还写了一篇小说《紫》，巧妙地织进他们交往的细节。

对沈从文来说，这无疑是对他作品和本人的双重欣赏。

这种感受，是陌生的，也是心动的。沈从文产生了"横溢的感情"，他很苦恼，最终他坦诚地告诉了张兆和。

许多人不明白，用如此大力气爱着张兆和的他，为什么竟会对

其他人产生了感情?也许张兆和曾经的一段话,可以作为解释:

"如果被爱者不爱这献上爱的人,而只因他爱的诚挚就勉强接受了他,这人为地,非有两心互应的永恒结合,不但不是幸福的设计,终会酿成更大的麻烦与苦恼。"

多么逻辑清晰、智慧通透的爱情观。可看透是一回事,做到却是另一回事,张兆和选择接受了沈从文的爱。她预料到了苦恼,又走向了苦恼。

但谁能否认张兆和爱着沈从文呢?她曾在信里亲昵地说:"长沙的风是不是也会这么不怜悯地吼,把我二哥的身子吹成一块冰?"只是这样的真情流露,太少了。他们太不相同,一个冷静,一个热烈,一个心如止水,一个用尽全力。情绪的失衡,现实的落差,最终导致了一场情感风波。高青子的存在,成为他们婚姻中的一个趔趄。

幸运的是,他们走过了这一关。在沈从文的心中,张兆和始终是那个"最好年龄的人"。1942年,高青子另行嫁人,这段横溢的感情彻底结束。

1946年,为纪念结婚十三周年,沈从文创作了小说《主妇》。其实,这也是一篇写给张兆和的忏悔书。

借助故事里的人物,他对自己做出了深刻的剖析,说"和自己的弱点作战,我战争了十年"。最终,他在平常生活中发现了节制的美丽,忠诚的美丽,勇气与明智的美丽,找回了内心的平衡感与安全感。

节制、忠诚、明智——这些词,足以保护和成全一段完整的婚姻。但在走向最终的幸福时,他们遭遇了更大的苦恼与考验。

对这位创作出《边城》《长河》《湘行散记》的作家，人们分析他的性格，发现在他表面的隐忍和谦卑下，藏着的，是一直坚持自我的生命准则。

他不随波逐流，不追名逐利，但他的内心是痛苦的。

这痛苦，来自时代的重压，来自家人的不理解，来自心灵深处的孤独。当张兆和穿着列宁装，和孩子们一起迎接翻天覆地的新社会时，一场严重的抑郁症，降临到沈从文身上。

他精神恍惚，挣扎困顿，无论张兆和怎样开导，都无济于事。

这应该是他们最为晦暗的一段日子。因为疗养，沈从文搬到了清华园。在给张兆和的信中，他仍然深情，却多了绝望："小妈妈，你的爱，你对我的一切善意，都无从挽救我不受损害。这是宿命，我终得牺牲。"

最远的距离，是我在你身边，却不知你痛为何，哭为何，怕为何。

1949年3月，沈从文割腕自杀，幸得抢救及时。此时的张兆和，应该和丈夫一样痛苦和孤独，但她还必须坚强。她对沈从文说："我一直很强健，觉得无论如何要坚强地扶持你渡过这个难关，我想我什么困难、什么耻辱，都能够忍受。"

这句话里的每个词，都有困惑，有压力，也有爱。如果无法进入丈夫的心灵，那么，她就沉稳地在外面守候等待着。

一直到11月，历经近一年的挣扎，沈从文终于度过了这场精神危机。

他在日记中写道："我似乎已觉醒，或已新生。"——爱人的陪伴和自我的救赎，一起将他拉出了深渊。

这段心灵的煎熬，客观上让沈从文对苦难有了更大的承受力。面对左翼文化界的激烈批判，他索性宣布封笔，从此转入历史文物研究。

他每天早早出门，买个烤白薯，再乘电车去天安门的历史博物馆，做一个最普通的解说员。

门没有开，他就坐下来看天上的星月。

"文革"中，沈从文被打成"反动权威"，后来又被下放到干校。下放结束后，他和张兆和的住房被占用，两人不得不分开居住。

于是每天下午五点，沈从文就挎着张兆和为他准备的竹篮出发了。他先和家人吃饭，再把第二天的早饭和午饭，带回自己的住处。

画家黄永玉是沈从文的表侄，他说："没有婶婶，很难想象生活会变成什么样子，又要严格，又要宽容。她除了承担全家运行着的命运之外，还要温柔耐心引导这常年不驯的山民老艺术家，走常人的道路。"

是的，张兆和不懂沈从文内心的风浪，但她以冷静的从容，稳妥的应变，一直陪伴着他。

当不驯遇见沉着，是不是恰好也是沈从文的幸运呢？

二姐张允和回忆，1969年冬天，沈从文下放前夕，家里一片凌乱。他突然从口袋里掏出一封皱巴巴的信，温柔又羞涩地说："看，这是三姐给我的第一封信。"然后，他"就吸溜哭起来，快七十岁的老头儿像一个小孩子哭得又伤心又快乐"。

当生命来到暮年，他的心里，始终珍藏着最初的爱，还有那个正当最好年龄的人。

他们相伴了一生，有多少隔阂，就有多少包容，有多少波折，就有多少原谅，有多少患难，就有多少真情。

作家龙冬曾遇见两位老人在公园散步，"沈先生边走边解开外套，张奶奶怕他着凉，赶紧将外套合拢。可是沈先生顽固地几次把外套敞开"。

"顽固"这个词，一下子将画面带回半个多世纪前。胡适说："沈从文顽固地爱你。"张兆和说："我顽固地不爱他。"

这样两个顽固的人，在相拥的温暖和磕碰的疼痛中，一起走到了最后。

1988年5月10日，沈从文心脏病发作。他握着张兆和的手不让她走开，最后一句话是："三姐，我对不起你。"

1995年，张兆和在《从文家书》的后记里，写下一段长长的话："为什么在他有生之年，不能发掘他，理解他，从各方面去帮助他，反而有那么多的矛盾得不到解决！悔之晚矣。"

一个说"对不起你"，一个说"悔之晚矣"——这样两句话，让任何对他们爱情的评判，都显得多余。

他们记取了最好的时光和容颜，走过了最难的黑夜与长路。他们经过桥，看了云，喝完酒，最后一起推开了一扇名为幸福的大门。

也许我不够懂你，但我们紧握双手，没有放弃。

学会爱：

一千个观众，就有一千个哈姆雷特。幸福的标准也是，每个人的心里，都会有不同的答案。

幸福是什么？可能是心心相印、息息相通，可能是盈盈一水间、脉脉不得语，可能是辗转反侧、寤寐思服，可能是执子之手、与子偕老。

幸福是一种主观感受，如人饮水，冷暖自知。

但生活中最常见的幸福，莫过于找到一个对的人。你们有过热恋和激情的动心，也有彼此依靠和照顾的安心，你们能并肩在阳光下接受祝福，也能咬着牙穿越世事和内心的黑暗。你们手牵着手，一直不愿走散，这就是最平凡也最真实的一种幸福吧。

卞之琳 / 谢谢你，赠我真情谊

诗人卞之琳在四十五岁时，终于放下心中初恋，步入婚姻。这位初恋，是张兆和的妹妹，也就是"张家四姐妹"中最小的张充和。

前后只一步，他没有成为"终成正果"的沈从文，也没有变作"终身不娶"的金岳霖。他写了最著名的《断章》："你站在桥上看风景，看风景人在楼上看你；明月装饰了你的窗子，你装饰了别人的梦。"这首人人都会背诵的诗，藏着他长达一生的遗憾。

也许我们每个人的心底，都有曾经错过的风景和明月。

2015年6月，102岁的张充和在美国去世。她被称作"民国最后的才女"，是书法、昆曲和诗词大家。她的姐姐们，分别是张元和、张允和、张兆和。

元和嫁给了著名昆曲演员顾传玠，允和嫁给了语言学家周有光，兆和嫁给了作家沈从文。小妹张充和，1948年嫁给了美籍汉学家傅汉思。晚年，她执教哈佛大学、耶鲁大学，教授昆曲和书法。

1933年初秋的北平，在姐夫沈从文家里，她遇到了一个叫作卞之琳的青年。沈从文介绍说："他是刚从北大毕业的高才生，你可要多请教人家。"

十九岁的她大方地伸出手,说:"你好,我叫张充和,刚刚入学。"

卞之琳看着眼前充满灵气的少女,与她握手,从此握住了一段苦涩的情缘。

作为著名的诗人和学者,卞之琳写下了《断章》这首不朽的杰作。它脍炙人口,流传至今,每隔一段时间,微博、微信就会爆发式地转发一轮。

他曾是徐志摩最赏识的学生,台湾诗人余光中是他的粉丝。很多人认为,"从技术上来说,卞之琳是中国新诗百年来的第一人!"他的诗里,既有东方古典意境,又有西方深刻哲思,他营造了一个个镜子般神奇迷人的诗境。

他除了是诗人,也是西语教授、莎士比亚研究专家——他的身上,诗意与理性,从来交缠得很紧。

这与他的个人性格不谋而合。他是公认的"苦吟"诗人,就像一个虔诚的琢玉者,"二句三年得,一吟双泪流"。长于向内思考的他,沉默也寂寞,总让身边的人感觉捉摸不透。

在卞之琳遇见张充和之前,闻一多先生曾当面夸赞他,说他非常难得,在年轻人中间不写情诗。直到充和的出现,他明白了,那是因为以前还没有遇见爱情的缪斯。

卞之琳心里泛起情感的波澜,这波澜,绵延不绝。可在那个初秋的下午,和缪斯握手的他,看起来是那么镇定自若,云淡风轻。

每当谈起这段往事,张家最小的弟弟张寰和,就露出平和善意的笑容。老人一直住在苏州的张家大宅里，他说："都知道卞之琳爱四姐，四姐却对他没有意思。"

四姐和三姐，是不同的。

三姐张兆和，在沈从文长达数年的情书攻势下，最后给了他一杯甜酒，嫁给了他。四姐张充和，却似乎更有定力和自我——即使后来三十四岁还待字闺中，她依然按兵不动，非要等到真正让自己动心的人不可。

从第一天遇见卞之琳起，张充和就知道，他可以是很好的朋友，却不是她心目中的爱人。她爽朗、活泼、热情，而卞之琳含蓄、内向、谨慎。性情的错位，让卞之琳从一开始，就没能走进所爱之人的心。

四姐和三姐不同，卞之琳和沈从文也是不同的。

沈从文可以在情书中，用最热情的语言，述说自己爱上了最美的人。拘谨的卞之琳却做不到，他自己都说过，他是一个过于矜持的人。

他当然也给她写诗、写信，可却是含蓄无比，像一个个谜语。

1937年春，他在雁荡山写下《无题》诗五首，连同其他情诗编成《装饰集》，扉页题词"献给张充和"。他说，这是心中滴血之作。可每一首，都朦朦胧胧，从不点破。他前前后后给张充和写了一百多封信，张充和后来说："他从来没有认真跟我表白过，写信说的也只是日常普通的事。"

那如果卞之琳再直白些，结局会改变么？

不会的。

张寰和回忆，四姐不止一次对家人说，卞之琳和自己性格不太像，两个人没有可能在一起。

这位见证了多位姐姐爱情历程的张家五弟说："卞之琳总是显得有些不合群，很少说话，像是活在自己的世界里。和风风火火热情活泼的充和，就如同冷热两个极端。"

看这些回忆，再还原当时的场景，似乎会看到一片热闹中，如坐针毡的诗人。他应该是不喜欢扎堆在人群中的自己，觉得又别扭又痛苦，可是，张充和在这里。敏感的他，当然知道自己不是张充和喜欢的类型，知道她可能不爱自己。但是，他舍不得离开，舍不得放弃，舍不得彻底失去对她诉说的机会。

所以，他把诗歌和信，写得曲折又隐晦。

他不敢太直白啊，他怕最后连朋友都做不成——这种小心翼翼的心情，年轻的时候，谁没经历过呢？

多年后，研究他的香港中文大学教授张曼仪，编写了《卞之琳年表简编》。在他的审定下，许多事都略而不记，唯有与张充和相关的踪迹，被细致记录。例如1933年初识，1936年"离乡往苏州探望张充和"，1943年"寒假前往重庆探访张充和"。

想起来，沈从文也曾鼓起勇气，去苏州探访三姐张兆和，这次探访成了他爱情胜利的转折。卞之琳，却只能把这些细节，化作回忆的注脚。

感情中，女性往往容易被感动。即使不爱对方，如果遇到出乎意料的执着和持之以恒的热情，许多人会退后一步，选择接受。

如果你是慢热型，真的动了心，也还好。就怕只是纯粹的感动，甚至只是一种习惯和依赖，内心深处，却缺失爱的感觉——而这种对真爱的渴盼，会像一个地雷深埋在你的心里，一旦爆发，不可收拾。

张充和显然不是这类女子，面对深情的卞之琳，她一直保持着冷静与理智。她了解和尊重自己的内心感受，不爱，就只能不爱。被对方感动，不能以囚禁自己为代价。

生活会证明，理智，是送给双方最好的礼物。

为了赢得心上人，卞之琳也有过一次放胆一搏的表白。

在一次拜访中，他第一次直抒胸臆，跪在爱人面前勇敢求婚。他说："不答应的话，我就不起来。"这一刻，他很像沈从文。沈从文曾对张兆和说，爱她，爱到愿意亲吻她脚下的土地。

爱情真是一个促狭鬼，再骄傲，再有才华的人，也会被它变得无比卑微。

最后，张充和没办法，只好拉来弟弟的夫人周孝华，一起劝说这个伤心人恢复理智。

伤了的心里，明月依然动人，但明月彻底离开的时间到了。1947年，张充和认识了北大西语系教授傅汉思。他是德裔美籍犹太人，出身于语言学世家，精通西方文学，深谙中国文化。很快，志趣相投的两个人相爱了。

1948年11月，他们举行了婚礼，之后赴美定居。这对中西合璧的夫妻，度过了美满幸福的五十五年。他们热爱和推广中国传统文化，中英文诗集《桃花鱼》，是他们伉俪情深的最美作品。

风景远去，只剩下看风景的人。

张充和结婚，对卞之琳是个不小的打击。很长一段时间，他都无法走出这段持续了十几年的苦恋。他偶尔还会拜访苏州张家，打听张充和的近况。张家人感动于他的执着,把他当作最好的朋友。

1953年,卞之琳因工作滞留苏州城,张家特意安排他留宿在张充和的旧居。

房间里空荡荡的,卞之琳秋夜枯坐,满心惆怅。直到他无意在一个抽屉的角落,发现了一卷遗落的旧稿。翻开一看,原来是张充和以前学习诗文时,沈尹默为她圈注的几阕习作。

他如获至宝。

这本诗稿,他一直精心保存到1980年。当年他应邀访美,专门带上这本诗稿还给张充和。他说:"多年后,经十年动乱,却还幸存。重逢故人,当即奉归物主。"

简单一行字,掩藏着多少不易与心意。

当时,他们都已是古稀之年的老人。张充和那里,有沈尹默的信,却缺失了圈注的诗稿。三十多年后,没想到卞之琳万里迢迢将诗稿送来。旧友相逢,一信一稿也相逢,真的有种"千里送鹅毛"与"完璧归赵"的古典意趣之美。

这段书稿重逢的往事,后来被张家人写成了一篇《合璧记趣》。

从少年到白头,从故土到异国,这份恋情已不再苦涩,而是变成了如心上人最擅长演唱的昆曲一般,韵味悠长,飘扬在岁月里。

早在1955年,四十五岁的卞之琳已放下心结,与青林女士结婚。此后,他们相守四十多年,相濡以沫。张充和的理智,带给了彼此最好的结局。

1986年,张充和与大姐张元和,一同受邀回到北京,参加纪念汤显祖的活动。七十二岁的她与八十岁的大姐,联袂演出了一场

《游园惊梦》，当仪态万方的她们第一声唱腔响起，便让人瞬间懂得了"大家闺秀"的万千含义。

台下的卞之琳，平静地观看着演出，如同又一次看见少年时的明月。

他想起1980年送还的那卷诗稿，稿子中，张充和作了一句诗，叫作"驻篙低唱牡丹亭"。教授不以为然，觉得一个唱牡丹亭的闺秀，居然在那里撑篙。于是将这一句改成了"依舷低唱牡丹亭"。

卞之琳却说："我认为充和决不止是杜丽娘式的人物，她虽然擅唱'惊梦''寻梦'诸曲，但也会撑篙淘气，这倒正合她不同凡俗的性格。"

他一直是懂她的。

他知道，她不只是一个写着端凝小楷，画着古装仕女，吟着传统诗词，唱着优雅昆曲的才女闺秀，也是一个喜欢骑马，爱好游泳，大力撑篙唱歌的淘气少女，她有自己的个性和执着。

只是，爱情太复杂，也太简单。复杂到可以延续一生，简单到不爱就只能不爱。

这是他们之间的最后一次见面。

人生就像卞之琳的《断章》，不同的风景，汇聚成真实的生活。他任职北大和中国社会科学院，妻子青林先后担任报社编辑和中学老师。他们生了一个女儿，取名青乔，卞之琳视为掌上明珠。他亲自为女儿做菜，深夜冒着大雪给她买喜欢的木偶，三口之家十分幸福。

卞之琳曾说："青林菜做得很好，特别是烧鱼。"有趣的是，他年轻时的名作，正好有一首《鱼化石》：

> 我要有你的怀抱的形状，
> 我往往溶于水的线条。
> 你真像镜子一样的爱我呢，
> 你我都远了乃有了鱼化石。

清澈的诗意，与美味的生活，相遇和解。

2000年，卞之琳因病去世。在他葬入八宝山公墓的第二天，女儿青乔将父亲1937年于雁荡山大悲阁，为张充和手抄的一卷《装饰集》，一册《音尘集》，捐献给了中国现代文学馆。

这是诗人最后的叮嘱与心愿吧，与此同时，在张家自办的家庭杂志《水》上，他们发布了那篇《合璧记趣》，称"为悼念因病于2000年12月2日逝世的张家老朋友卞之琳"。

一声老朋友，融入所有的珍贵回忆。

谢谢你的理智，让这交错爱恋，化作一生情谊。

学会爱：

三姐张兆和、四姐张充和，分别遇到了两场类似的感情。都是对方苦苦追求，用情颇深，而她们一开始都是拒绝。

接下去，她们的选择出现了分岔。张兆和被沈从文感动，接受了他——当然她也有真情，对历来理性的她来说，已经算是倾注情意。

张充和却始终坚持自己最初的选择。无论多感动，如果心中仍然没有爱的感觉，那么就不要勉强接受对方，因为这几乎是对双方的不负责任。

婚姻中，一定剂量的爱情是必需的。有了爱作底子，两个人才能有耐心，一起对付生活中所有的琐碎、艰难和不堪。理性的张兆和对沈从文有种蕴藉包容的爱，所以他们走到了最后。执着的张充和对卞之琳只有朋友的感觉，所以她固执地一直等待真爱。

村上春树说，在鸡蛋和石头之间，他永远支持鸡蛋。那么，在所有的选择方式中，也请永远支持爱情。因为脆弱的蛋壳里孕育着生命，看似缥缈的爱情，最后才能抵达完满真实的生活。

周有光 / 多情人不老

2015年5月22日，北京协和医院，两位大师级人物完成了一次"历史性的会晤"，他们就是杨绛和周有光。在场的人说，两位老人见面时，第一句话就是"久闻大名"。

2016年，105岁的杨绛先生去世，周有光先生迎来了111岁的寿辰，他说："上帝太忙，把我忘记了。"

但每一个使用汉语拼音的人，都应该知道他。他被誉为"汉语拼音之父"，是汉语拼音方案的主要设计者。有人说，他把一辈子活成了几辈子，五十岁前，他是银行家、经济学家；五十岁到八十五岁，他是语言学家；八十五岁之后，他是思想家。他自己则认为，真正的人生应当从八十岁开始。

的确是这样，老先生在九十岁的时候，还兼职家庭教师呢。他的学生，是"张家四姐妹"中的二姐张允和。

1995年初春的一天，书房里，一位满头银发、气质不凡的老太太正坐在电脑前学习打字。

她学得很慢，但颇为气定神闲，因为她有一个绝佳的专业老师。只要叫一声，老伴儿就会从隔壁房间，一路小跑过来耐心指导,直到问题完美解决。这对有趣的老人,就是周有光和张允和。

叶圣陶曾说,九如巷张家的四个才女,谁娶到了都会幸福一辈子。果然,娶了二姐张允和的周有光,和她共度了整整七十年的幸福。

五十年是金婚,六十年是钻石婚,七十年,是白金姻缘了。

这是真正的长情、长寿、长长久久。晚年时,两人合写了一部《多情人不老》。他们回忆人,回忆事,字里行间的感情如静水深流。就像这书名一样,相爱的人,多情的人,总能拥抱圆满的生命和不老的青春。

时光倒流七十年,少年周有光和张允和,正一起在苏州快乐地成长。

张家父亲张武龄,是一位颇富远见卓识之士。他从安徽到苏州兴办新学,与蔡元培、蒋梦麟等知名教育家成为朋友。他成功创办了平林中学、乐益女校,办学理念和家庭教育均开明自由。

周有光的妹妹在乐益女校和张允和是好朋友。很自然地,两家的兄弟姐妹相识了。他们常常一起玩耍,从阊门到虎丘,到东山,少男少女们划船、骑车、远足。按周有光的说法,他们是"一步一步流水式的爱情",青梅竹马,顺其自然。

在周有光眼里,张允和与众不同,是个美女、才女加侠女。

她的照片被挂在照相馆的橱窗里,还上了杂志封面,一派文静闺秀范儿。但和她从小玩到大的周有光很了解,她历来男孩气十足,颇有"侠肝义胆"。

她和姐妹们创办家庭杂志《水》,和兄弟们创办的另一本杂志相抗衡,最终大获全胜,成为张家的官方代表杂志。五四时期,她教小妹张充和读书，硬是把妹妹改名为"王觉悟"，晚年还写了篇有趣的《王觉悟闹学》。她热爱昆曲，小小年纪就熟读各种古书，让周有光佩服不已。

热情奔放的她，被大家称作"快嘴李翠莲"，在她叽叽喳喳的直爽俏皮中，苏州九如巷的这一群少年，慢慢长大了。

1923年，周有光考入著名的上海圣约翰大学。入学注册时，一张用"罗马字拼写法"打着姓名的注册卡，引起了他对语言的兴趣。他在主修经济的同时，学会了法语，学会了使用打字机，很多语言学问题让他觉得颇有乐趣。

大学毕业后，他任职杭州民众教育学院。巧的是，本来在上海念书的张允和，随后也转学到了杭州的之江大学。

从两小无猜的苏州，到双双求学的上海，再到风景如画的杭州，他们的感情就如池塘春草，自然萌生。两个人也不知道究竟是什么时候，开始喜欢对方。

周有光身边的明朗少女，却突然羞涩起来。他单独去找她，她经常躲着不见。同学们戏称，"快嘴李翠莲"变成了"温柔的防浪石堤"。

第一次约会，是在西湖长长的石堤边。周有光拿出一块手帕，仔细铺好，请张允和坐下，然后拿出一本英文版的《罗密欧与朱丽叶》，再翻到主角相恋的那一页，轻轻握住了她的手——不禁感慨，民国新青年们的表白方式，真是又含蓄，又考验学习能力啊。

因为紧张，张允和被握住的手很快出汗了。周有光又拿出一块手帕，递给她。张允和在晚年的文章中，对这次约会的总结是："他手帕真多！"

她一直到老，都风趣十足，她记得的是他变魔术一般多的手帕。周有光记得的，却是她的勇敢和真诚。

结婚前，周有光写了封信，说"担心自己很穷，怕不能给你幸福"。结果张允和一下子回了十几页信，认真地论证幸福是靠自己争取的。

当时，两家人都不看好这段婚姻。周家认为娶了个大家闺秀，该多难伺候；张家则议论周家太穷了，"小二毛哭的日子在后头呢"。张家的一个保姆，还悄悄拿了两人的生辰八字去算命。

算命先生掐指一算，说："这两个人啊，都活不过三十五岁。"

还好，父亲张武龄向来不干涉儿女的婚事。他很支持二女儿，还在他们出国留学时，资助了大笔学费。张家的开明家风，姐妹们的自由选择，最终成就了"张家四姐妹"各自韵味悠长的著名姻缘。

1933年4月，周有光与张允和在上海举行了简单的婚礼，随后赴京都帝国大学留学。

1935年，周有光学成回国，同时任职上海光华大学和江苏银行。年轻的他们，就像张允和在信中所说，努力争取着幸福。

这一争取，就是七十年。

半个多世纪后，张允和白发如雪，笑意盈盈，仍然是那个年轻时"你怎么想象她的美都不过分"的大家闺秀。她梳优雅的发髻，穿素色的对襟小褂，考究的面料上，或画着疏落的海棠，或绣着清浅的浮萍。她研究昆曲，办杂志，忙得有条不紊，如风拂柳，和周有光过着书香雅趣的朴素生活。

每天上午十点、下午三点，他们会定点饮茶。

她一杯红茶，他一杯绿茶，无论家里有没有其他人，他们都会相视一笑，举杯齐眉，再慢慢啜饮。有年轻人或采访的记者看到，个个觉得有趣，对他们的恩爱羡慕不已。

周有光说："这当然是有点好玩儿，但也是双方互相敬重的一种表达。"

"好玩儿"是婚姻里绚丽的火花，小趣味可对抗平庸，可生发旖旎。"好玩儿"的背后，则是敬重和包容。有作者回忆，有一次采访他们，张允和先生和他相谈甚欢，周先生则始终埋头在打字机上工作。

记者悄悄问："周先生是不是不太爱说话。"

张允和笑了，说："他很爱说话呢。只是我说得太多了，让他插不上嘴。"

果然，采访中途，张允和有事离开。周有光觉得不能冷落了人家，就主动跟记者聊了几句。夫人一回来，他觉得任务完成，又扣上眼镜，迤迤然回到工作里了。

要知道，周有光学识渊博，被沈从文叫作"周百科"，其实非常健谈。但是，只要和"快嘴李翠莲"在一起，"周百科"立刻甘当配角，让爱说话的张允和尽情发挥——你负责妙语生花，我负责一边配合。

从年轻的时候开始，他们就这样配合包容着对方了。

周有光喜欢西洋音乐，恋爱时，有一次请张允和去听交响乐。那是在法租界的一个花园，一人一张躺椅，躺着听。谁知更爱昆曲的张允和躺了半天，竟然睡着了。结婚之后，他陪她去听昆曲，她陪他去听交响乐，其乐融融。

张允和退休后，和俞平伯一起组织了昆曲研习社，被推举为社长。周有光也算是一个不太积极的社员，但他每一次开会都到，因为要陪积极的社长去参加工作。

张允和九十岁写作《最后的闺秀》《张家旧事》等书，引起很大反响。她戏谑地对著作等身的丈夫说："瞧，我比有光更有光，成了老明星了。"

周有光微笑地看着她，觉得对方就像昆曲里的琵琶，"大珠小珠落玉盘"，让人听一辈子都不够。

轻快的琵琶声里，也曾有沉重的急弦。1937年抗战爆发后，他们逃往四川。战火迁徙中，女儿小禾因病去世，儿子小平又不幸受伤。这些心头之痛，都被他们深藏在心底。

抗战前后，周有光分别任职于经济部农本局、新华银行、新华银行纽约分部。1949年中华人民共和国成立，他在担任复旦大学教授的同时，继续银行业工作，并和其他经济学家合办了份《经济周报》。

此时的周有光，完全是一位业界知名的经济学家。但他从年轻时就开始的语言学研究和兴趣，让他在晚年转了方向。

在驻任纽约时期，他曾在普林斯顿大学与爱因斯坦面谈数次，爱因斯坦认为"人的差异在业余时间"。的确，常年对语言学的关注研究，已经让周有光成为事实上的语言学专业人士。

1955年，他担任了文字改革方面的工作，在他的主持下，《汉语拼音方案》最终定稿。

"文革"期间，他被下放到宁夏，张允和一个人带着小孙女坚守在北京。那时候，他已经六十五岁了，被派去看守高粱地，环境艰苦，但他继续语言文字的研究，苦中作乐。

1979年，他代表中国出席巴黎的国际标准化会议。艰难谈判三年之后，终于促使汉语拼音方案成为国际标准。

不被命运摧折，心中有情，就不会轻易在岁月中老去。晚年，人老心不老的"李翠莲"和"周百科"，似乎越来越回到了年轻人的状态。

周有光一直走在时代的潮头，从1988年起，他就开始使用夏普公司赠送给他的第一代电脑。互联网时代，他很快成为酷酷的网民，还用起了智能手机，他相继出版了《百岁新稿》《朝闻道集》《拾贝集》，他说自己是"终身教育，百岁自学"。

张允和同样对生活充满着热情与好奇，她八十六岁学习电脑，九十岁出版图书，坚持几十年写作《昆曲日记》，研究唱腔曲词，著作几十万字。

她的另一个惊人之举，是复刊家庭杂志《水》，成为"最小刊物"的"最老编辑"。

《水》虽然是家庭刊物，却跨越海内外，读者众多。出版家范用先生给张允和写信，说《水》的复刊是二十世纪一大奇迹！巴金先生更是每期必看，住址变动了，还专门打电话通知"编辑部"。

张允和自封主编，家人、朋友踊跃投稿，复刊工程红红火火。

这本杂志，跨越七代人，谈说百年事。它的奇特和感人之处，在于它不仅是一个百年望族的亲情纽带，也是传统文化和人文精神的绵延千里。无数文化大家，都关注和赞叹着这本杂志，张允和延续了《水》的生命。

张允和在一篇文章中，回忆苏州旧居的无花果树，她说："你不占好地，你不需要人工精心栽培，自然叶茂枝繁、果实累累。你实际不是没有花，不过是把美丽的花藏在果实里，不在人前花枝招展罢了。我在此祝你——多情多意的无花果老树永远年轻！"

多情多意，无非尽我所能，让生命的枝头永远有花有果，丰沛繁茂。

多情人不老——这份多情，是对命运的拥抱，对真我的坚持，对岁月的眷恋，对未知的热情。

2002年8月的一天，九十三岁的张允和突然晕倒。抢救过程中，周有光一直紧紧攥着她的手。当救护车把她紧急送往医院时，他在楼下一直目送车子远去，直到消失。

她再也没能回家。

周有光知道，她喜欢紫色。在人们最后与她告别时，看见她一袭紫衣，眉目如画，平静得如同睡着了的少女。这一场白头到老的美好姻缘，几乎给予了每个人幸福感。五十年、六十年、七十年，这是相爱的人天长地久的陪伴。

爱情打败时间，多情之人不老。

学会爱：

张允和退休之后钻研昆曲，八十六岁学习电脑，将近九十岁时，办杂志，写作，出书。

周有光，六十五岁在"干校"挑担插秧，九十八岁在北戴河下海游泳，2016年已是111岁，仍睿智一如往昔。

这就是他们精彩的不老人生。是的，人人都留恋青春，害怕老去,但人人都会变老。在时间面前,我们不能比拼结局,唯有转换心态和姿态。

胸臆间,能量再充沛些,激情再多些,好奇心再大些,再有趣些。

举止间,再从容一点,坚持一点,自信一点,豁达一点。

做一个多情多义之人,与有情有心的人共度这一生,天长地久,此爱绵绵。